Salomon

Ein Engel auf Samtpfoten

Sheila Jeffries hat lange Zeit und sehr erfolgreich Kinderbücher geschrieben, bevor sie mit Büchern für erwachsene Leser begann. Ihre Kreativität lebt sie nicht nur in ihren Büchern aus, sondern auch als bildende Künstlerin. Sheila Jeffries wurde mit mehreren Preisen ausgezeichnet und lebt heute in Somerset.

Mehr über die Autorin erfahren Sie auf **www.sheilajeffries.com**.

SHEILA JEFFRIES

Salomon

Ein Engel auf Samtpfoten

ROMAN

Aus dem Englischen von
Claudia Krader

Weltbild

Die englische Originalausgabe erschien 2012 unter dem Titel
Solomon's Tale
bei Matador, an imprint of Troubador Publishing Ltd, England.

Besuchen Sie uns im Internet:
www.weltbild.de

Übersetzung: Claudia Krader
Projektleitung und Redaktion: usb bücherbüro, Friedberg/Bay
Umschlaggestaltung: Atelier Seidel - Verlagsgrafik, Teising
Umschlagmotiv: plainpicture, Hamburg (© fStop)
Satz: Lydia Kühn
Druck und Bindung: CPI – Clausen & Bosse, Leck
Printed in the EU
ISBN 978-3-86365-574-7

2016 2015 2014 2013
Die letzte Jahreszahl gibt die aktuelle Lizenzausgabe an.

Für Andrea, Annette, Val, Jackie und Pauline

Die Katzen Salomon und Jessica gab es wirklich,
aber die Geschichte und die Menschen darin
sind frei erfunden.

Kleine Katzenkunde

Salomon und Jessica lebten wirklich bei uns zu Hause. Salomon erreichte das biblische Katzenalter von dreiundzwanzig Jahren, Jessica wurde vierzehn Jahre alt. Beide waren zweifarbige Kurzhaarkatzen: Decke und Schwanz waren schwarz, Brust und Pfoten weiß. Sie sahen aus, als würden sie schwarze Smokingjacken über einem weißen Hemd tragen.

Der Legende nach war die erste Katze, die die Neue Welt erreichte, genauso schwarz und weiß gemustert und hieß Asgerd. Sie segelte mit einem Wikingerschiff nach Nordamerika. Seitdem gab es bei uns eine ganze Menge berühmter schwarz-weißer Katzen: T.S. Eliots Lieblingskätzchen gehörte ebenso dazu wie der Kater Felix, Tom von Tom & Jerry und die Katze des Postboten Pat aus der gleichnamigen Comicserie. Isaac Newton und William Shakespeare hatten angeblich auch eine Tuxedo-Katze, wie diese Rasse ebenfalls genannt wird. Im Englischen heißt der Smokinganzug nämlich nicht Smoking, sondern Tuxedo.

Wissenschaftler haben herausgefunden, dass sich zweifarbige Katzen intelligenter und kreativer bei ihren Spielen verhalten als andere Katzenrassen. Die neugeborenen Kätzchen öffnen ihre Augen überdies einen Tag früher als bei anderen Katzen üblich. Und die schwarz-weißen Mäusejäger können Infrarotstrahlen sehen. Außerdem sind sie äußerst sensibel und suchen sich oft selbst ihr Herrchen oder Frauchen aus – genau wie Salomon in dieser Geschichte.

1

Auf der Suche nach Ellen

Ich saß mitten auf der Straße und versuchte zu begreifen, warum ich an diesem Sommermorgen von zu Hause weggelaufen war.

Ich war ein kleines Kätzchen, gerade erst acht Wochen alt, und musste schon eine schwierige Entscheidung treffen. Sollte ich in meinem gemütlichen Haus bleiben und ein langweiliges Leben ohne Überraschungen führen? Oder sollte ich mich auf die Suche nach dem Menschen machen, den ich auf der ganzen Welt am meisten liebte? Nach Ellen, die mich genauso gern mochte wie ich sie? In einem früheren Leben war ich schon einmal ihre Katze gewesen. Als kleines Mädchen hatte sie mich Salomon genannt und war meine beste Freundin gewesen. Ich wollte zu ihr zurück.

Ein Lastwagen donnerte auf mich zu. Die Straße unter meinen Füßen bebte. Ich konnte richtig fühlen, wie mein Schwanz und die Härchen in meinen Ohren zu zittern anfingen.

Er kam näher. Zwei blitzende Augen und eine gläserne Stirn. Ein Name stand auf dem Kinn. SCANIA. Riesige Räder und ein Gebrüll wie von fünfzig Löwen.

Wie hypnotisiert starrte ich in seine Augen. Ich dachte, wenn ich mich wie ein selbstsicherer Tiger benahm, würde der Lastwagen schon stehen bleiben und mich in Ruhe meine Katzenwäsche beenden lassen.

Mein Engel pflegte mich in der Regel nicht anzuschreien. Jetzt tat er es. »Lauf weg, Salomon! Schnell!«

Mit einem Satz, dass meine Pfoten Abdrücke im Kies hinterließen, flog ich in die Hecke. Der Laster brauste vorüber wie eine Sturmbö, Abgasgestank im Gefolge. Zischend fuhr er an den Randstein, blieb stehen und verstummte. Ein Mann kletterte heraus und verschwand in einem Haus.

Neugierig kroch ich hervor, um den jetzt stillen Riesen zu betrachten. Ich saß auf der Straße und sah ihn an. Da verdunkelte sich der Himmel und Hagelkörner prasselten auf mein Fell. Unter dem Laster fand ich Schutz. Die Räder waren noch warm; ich setzte mich ganz nah neben ein Rad und beobachtete, wie die Hagelkörner auf dem Teer tanzten. Nachdem ich bereits ziemlich lange draußen gewesen war, musste ich dringend ein Schläfchen halten. Ich kletterte in eine Ausbuchtung hinter der Frontverkleidung des Lastwagens. Dort drinnen war es wunderbar warm; der Ölgeruch, die Hitze und das eintönige Getrommel des Hagels machten mich schläfrig. Ich rollte mich auf einem kleinen Absatz neben dem Motor zusammen, legte meinen Schwanz über meine Nase und schlief ein.

Stunden später weckte mich ohrenbetäubendes Getöse. Als der Motor wieder zum Leben erwachte, wurde ich regelrecht hin und her geschleudert. Verängstigt versuchte ich, mein Versteck zu verlassen, doch unter mir sauste die nasse Straße. Also kletterte ich höher hinauf, bis ich auf einen verölten Absatz gelangte. Meine weißen Pfötchen waren mittlerweile total dreckig und stanken. Durch einen Schlitz im Metall beobachtete ich, wie Felder und Brücken vorüberflogen.

Ich klammerte mich auf der schmalen Leiste fest und versuchte, Kontakt zu meinem Engel aufzunehmen. »Deine Reise hat begonnen, Salomon«, war alles, was ich zu hören bekam.

Da verstand ich.

Und ich erinnerte mich, dass ich bereits vor meiner Geburt dazu bereit gewesen war, mich auf die gefährliche Suche nach Ellen zu begeben.

Alles hatte angefangen, als ich in der unsichtbaren Welt zwischen zwei Leben eine Schimmerkatze gewesen war. In der unsichtbaren Welt sind alle Katzen Schimmerkatzen, und unser Leben unterscheidet sich grundlegend von unserem Erdenleben. Menschenaugen können uns nicht sehen. Wir miauen oder jaulen nicht, aber wir schnurren. Unsere Kommunikation läuft über Telepathie. Auch andere Tiere leben dort: Schimmerhunde, Schimmerpferde, Schimmermeerschweinchen – und sogar Schimmermenschen. Es gibt aber keinen Streit, keine Umweltverschmutzung, keine Krankheiten und keinen Krieg.

Ellens Mutter starb, als Ellen klein war, und lebte mit mir in der unsichtbaren Welt. Sie wusste, wie sehr Ellen sie vermisste und hatte die Idee, mich zu ihr zu schicken. »Ich möchte Ellen gern eine Katze schicken«, sagte sie. »Eine ganz besondere Katze, die sie liebt und unterstützt. Bei diesem Ehemann wird sie das brauchen.«

Meine Antwort kam ohne zu zögern. »Ich werde gehen.«

Ellens Mutter nahm mich auf dem Schoß, wo ich wie wild schnurrte. Zusammen schickten wir unsere Idee ins Licht und warteten darauf, dass ein Engel erschien.

In der unsichtbaren Welt gibt es viele und sehr unterschiedliche Engel. Einige sind riesige, strahlende Krieger des Lichts. Andere leuchten in ständig wechselnden Farben wie Hologramme. Am liebsten mag ich die Trostengel, die eher wie Menschen aussehen. Sie tragen weiche, wallende Gewänder und glänzen so hell, dass man ihre Gesichter fast nicht erkennen kann. Der Engel, der zu uns kam, stellte sich als »Engel der funkelnden Sterne« vor. Ich hatte ihn vorher noch nie gesehen. Sein glitzerndes Gewand umwogte mich, und ich fühlte, dass ich etwas Besonderes war. »Für dieses Leben werde ich dein Schutzengel sein, Salomon«, sagte er.

Meine Aufgabe kam mir nicht besonders schwierig vor, weil ich Ellen mochte. Ich war sehr aufgeregt, wieder zur Erde zurückzukehren. Dort gab es Dosen mit leckerem Katzenfutter, wärmende Feuer im Kamin und diese netten Mäuse. Ich konnte es kaum erwarten.

»Du musst wieder als Kätzchen zur Welt kommen«, sagte der Engel der funkelnden Sterne. »Ich werde dir zwar helfen, aber du musst auch etwas tun. Es geht ja nicht nur um Ellen, du musst noch eine Menge lernen.«

»Ich wäre gern ein mächtiger Kater«, sagte ich. »Einer, der richtig tief schnurren kann. Mit einem schwarzen, glänzenden Fell, einer weißen Brust und weißen Pfoten. Und wirst du mich bitte gleich an die richtige Adresse schicken? Das letzte Mal bin ich zuerst beim Tierschutzverein gelandet, bevor Ellen mich gefunden hat.«

»Dieses Mal wirst du sie suchen müssen«, sagte der Engel. »Du musst lernen, deine übersinnlichen Fähigkeiten einzusetzen.«

»Übersinnliche Fähigkeiten?«, fragte ich.

»Die Menschen nennen das Satellitennavigation«, sagte der Engel und lächelte. »Bist du sicher, dass du das machen willst, Salomon?«

Wehmütig sah ich mich in meinem wunderbaren Zuhause in der unsichtbaren Welt um. Mein Dasein als Schimmerkatze gefiel mir. Ich konnte machen, was mir gefiel. Keiner warf mich raus in den Regen oder bestreute mich mit Flohpuder.

Doch dann dachte in an Ellens Haus mit den großen Fenstern, durch die die Sonne schien. Dort hatte ich ein Lieblingskissen aus Samt in der Farbe von goldenem Bernstein. Und die Treppen waren ein toller Spielplatz – der beste, den ich je gehabt hatte. Außerdem gab es bei Ellen eine gemütliche Küche und einen Kirschbaum im Garten.

Ich war Ellens Katze gewesen, als sie noch ein Kind gewesen war. Sie liebte mich mehr als alles andere in ihrem Leben. Solange ich nicht schnurrend auf ihrem Bett lag, wollte sie nie ins Bett gehen. Sobald ihre Mutter dann das Licht gelöscht hatte und nach unten gegangen war, machte es Ellen wieder an und spielte mit mir. Wenn wir irgendwann müde waren, zeigte mir Ellen ihr geheimes Tagebuch und las mir daraus vor. Sie hatte eine wundervoll melodische Stimme, die ich als

Einziger hörte. Ellen sprach nicht viel mit anderen Menschen. Sie machte auch keine Hausaufgaben oder räumte ihr Zimmer auf. Sie wollte nur tanzen.

»Ich muss dich vorwarnen: Ellen ist in einem Zustand, in dem sie vielleicht nicht fähig ist, sich anständig um dich zu kümmern«, sagte mein Engel. »Sie hat einen kleinen Jungen, der gerade anfängt zu laufen. Ihr Ehemann schreit sie dauernd an, und sie haben ziemlich große Probleme.«

»Ich will gehen«, sagte ich standhaft.

Mein Engel zögerte, als ob er mir noch etwas sagen wollte.

»Und«, flüsterte er. »Dann gibt es da Jessica.«

»Jessica?«

Mein Engel schwieg und bedachte mich mit einem liebevollen Blick aus seinen silbrigen Augen.

»Ich bin sicher, Salomon wird es gut gehen«, sagte Ellens Mutter. »Er ist eine Heilerkatze. Und er ist tapfer und frech. Er wird es schaffen.«

Als der Zeitpunkt meiner Geburt gekommen war, sah ich, wie mein Engel in einem Farbenwirbel aus sprühenden Funken verschwand. Die Sterne verschwammen, und auf einmal sauste ich durch das All. Lichtblitze zuckten, und ich durchbrach das große goldene Netz, das die unsichtbare Welt von der Erde trennt. Das war richtig toll.

Dann veränderte sich alles. Leider zum Schlechteren.

Ich verlor meine Gestalt als Schimmerkatze und wurde in ein kleines würstchenförmiges Etwas gezwängt, das gerade als Kätzchen auf die Welt kam. Auf einmal konnte ich mich nur noch winden und leise wimmern. Es war entsetzlich. Meine Augen gingen nicht auf. Ich konnte nicht laufen. Ich konnte nicht sehen, welche Farbe mein Fell hatte. Warum hatte ich das nur gewollt? Ich war keine richtige Katze mehr, sondern eine Fellwurst!

Aber ich war nicht allein. Vier von uns bildeten einen schnurrenden Haufen aus Seide, der sich rhythmisch bewegte.

Die Macht der Katzenmutter erfüllte mein ganzes Sein, als sie mich ableckte und säugte.

Neun Tage später öffneten sich meine Augen. Neben dem Rand eines Korbes erblickte ich einen warmen Ofen. Ich sah meine Beine an. Sie waren schwarzglänzend mit weißen Pfoten – genauso, wie ich es mir gewünscht hatte. Große Füße liefen um uns herum, zwei in Schlappen und zwei in Stiefeln. Dauernd griffen Hände nach uns, um sanft unsere Köpfchen zu streicheln. Keine Ellen weit und breit. Doch ich hatte die Hoffnung, dass sie kommen und mich mitnehmen würde.

Ich hatte eine glückliche Zeit als Katzenkind. Von Anfang an wurde ich dauernd hochgehoben und an Herzen gedrückt, die so langsam schlugen, dass ich fürchtete, die Menschen würden zwischen zwei Herzschlägen sterben.

»Der kleine Schwarze mit den weißen Pfoten wird uns bis zum Schluss bleiben. Sie nehmen als Erste immer die Hübschen.«

»Tja, er ist der Kümmerlichste in dem ganzen Wurf. So winzig.«

Der Kümmerlichste? Ich? Das konnte doch nicht sein!

Bald waren aus uns kleine Kätzchen geworden, die wie Tennisbälle herumsprangen, Vorhänge hochkletterten und unter Decken verschwanden. Die Menschen lachten über uns. Doch ich war ungeduldig. Ich wollte endlich erwachsen sein und Ellen treffen.

»Er sieht so wehmütig aus, der kleine Schwarze.«

Meine Leidenschaft war es, aus dem Fenster zu sehen, ob Ellen nicht endlich die Straße herunterkam. Leute besuchten uns und suchten sich ein Kätzchen aus. Jedes Mal sträubten sich meine Schnurrhaare erwartungsvoll.

»Versteck dich!«, befahl mein Engel eines Nachmittags streng. Das war das erste Mal seit meiner Geburt, dass er gesprochen hatte, also reagierte ich schnell. Ich schoss unter den Lehnstuhl, kroch durch ein Loch im Stoff ins staubige Innere des Stuhls und lauschte den Neuankömmlingen.

»Ich würde zu gern ein schwarzes Kätzchen haben.«

Das war nicht Ellens Stimme.

»Wir haben irgendwo eins.«

»Schau mal unter dem Stuhl.«

Sie schoben den Stuhl zur Seite, doch ich saß gut verborgen in seinem Inneren. Sie fanden mich nicht.

Schließlich nahmen die Besucher die beiden verbliebenen Kätzchen mit. Als ich wieder auf der Bildfläche erschien, hatte ich niemanden mehr zum Spielen. Ich war acht Wochen alt und wollte schnell erwachsen werden.

Aber Ellen kam nicht. Sie kam und kam einfach nicht.

Ich fraß nichts mehr. Ich war eine Katze mit einer Mission, und Fressen interessierte mich nicht. Ich saß nur noch am Fenster und wartete auf Ellen.

»Er ist krank.«

»Wir müssen ihn zum Tierarzt bringen.«

Das machten sie dann auch. Es war meine erste Erfahrung mit dem Katzenkäfig, der quietscht und in dem du hin und her geschleudert wirst. Doch weil ich schlau war, hielt ich still. Ich wusste, dass es keinen Sinn hatte, meine Energie für einen Fluchtversuch zu verschwenden.

Der Tierarzt hielt mich am Nacken hoch und fuhr mit seinen Fingern über meinen Körper. Er drückte meine Pfoten und meinen Schwanz. Dann öffnete er mir gewaltsam das Maul und sah hinein. Seine Finger rochen wie der Küchenfußboden. Er legte mich auf einen kalten Tisch. Dann sagte er etwas sehr Beleidigendes für eine stolze kleine Katze wie mich.

»Er ist wohl der Kümmerling des Wurfs.«

»Aber er ist total lieb. Wirklich ein besonderes Kätzchen. Wenn ihn keiner will, behalten wir ihn selbst.«

Sie zwangen mich zum Fressen, aber ich sehnte mich immer noch nach Ellen. Ich vertrieb mir die Zeit damit, im Garten herumzustreunen und mir hochgelegene Sitzplätze zu suchen, von denen aus ich nach Ellen Ausschau halten konnte.

Seit ich einen Körper hatte, fiel es mir schwerer, meinen Engel wahrzunehmen. Ich musste mich sehr konzentrieren und alle anderen Eindrücke ausblenden. Trotzdem sah ich ihn nur verschwommen.

»Nur zu warten hat keine Sinn, Salomon«, sagte er. »Nutze deine Fähigkeiten.«

An diesem Sommermorgen war es bewölkt und düster. Ich schloss meine Augen und versuchte, das einzusetzen, was der Engel einmal meine übersinnlichen Fähigkeiten genannt hatte. Und tatsächlich, sofort begriff ich, wo Ellen sich befand. Südlich von hier. Ich konnte die Richtung ziemlich einfach herausspüren.

Das mit der Entfernung gestaltete sich schwieriger. Mich schauderte bei der Vorstellung, wie weit Ellens Haus weg war – Hunderte von Meilen.

Ich betrachtete meine zarten weißen Pfötchen und zwirbelte meine Schnurrhaare. Hunderte von Meilen waren eine ziemliche Herausforderung für den Kümmerling des Wurfs. Diese Bezeichnung ärgerte mich so sehr, dass ich zur Tat schritt. Ohne mich umzudrehen, trabte ich die Straße hinunter Richtung Süden.

Und so bin ich schließlich im Motorraum eines Lastwagens gelandet.

Stunde um Stunde verging. Ich hatte nichts zu essen und fürchtete mich zu sehr, als dass ich hätte schlafen können. Um mich auf dem vibrierenden Absatz festzuklammern, brauchte ich meine ganze Kraft. Die Alternativen waren der Sturz auf den unter mir hindurchrasenden Asphalt oder der Tod durch die beweglichen Teile des Motors. Von den Abgasen und dem Krach bekam ich so fürchterliche Kopfschmerzen, dass mein Schädel fast platzte. Ich fror und war sehr, sehr hungrig.

Die zischenden Reifen sandten feine Wassertropfen in meine Richtung, und bald fühlte ich auch noch völlig durchnässt. Mein Fell stand mir in steifen Nadeln zu Berge. So würde mich Ellen nicht nehmen. Ich sah überhaupt nicht kuschelig oder irgendwie ansprechend aus.

Es war schon dunkel, als der Laster endlich langsamer fuhr. Er beschrieb eine Kurve und fuhr bergauf. Schlaff und erschöpft lag ich da, jedem Schlagloch ausgeliefert. Als der Lastwagen schließlich bremste und zum Stehen kam, blieb ich einfach liegen, genoss die Stille und die Bewegungslosigkeit. Mir tat alles weh.

Dann schlüpfte ich hinaus. Meine Beine fühlten sich an wie Wackelpudding. Es regnete immer noch. Der Laster stand vor einem Supermarkt. In der Nähe waren Häuser. Ich nahm Witterung auf. Ellens Küche. Da wurde gerade Kuchen gebacken!

Ich tapste von einem Garten zum anderen, immer die Straße entlang, bis ich zu einem Eisentor kam, das eine dicke Hecke teilte. Ich konnte die Spatzen riechen, die sich dort oben zusammendrängten. Die Glücklichen! Sie schliefen, während ich wach bleiben musste, ölverschmiert und heimatlos.

Nachdem ich mich unter dem Tor durchgedrückt hatte, fand ich mich ein paar Katzen gegenüber, die offensichtlich ein Mittsommernachtstreffen abhielten.

»Miauen. Sofort.« Das war mein Engel.

Also miaute ich, obwohl mich diese fetten pelzigen Katzen eingeschüchtert hatten. Ihnen ging es gut. Ihr Fell war trocken, ihre Bäuche offensichtlich gut gefüllt. Sie waren, ganz im Gegensatz zu mir, hier zu Hause. Ich war ein Eindringling.

Klein, schmutzig und zerzaust, miaute ich, was das Zeug hielt. Unglaublich, was für einen Lärm ein erschöpftes Kätzchen machen kann. Meine Stimme hallte über das ganze Grundstück. Bald öffnete sich ein Fenster über mir, und ein Gesicht sah herunter. Da war sie, meine geliebte Ellen.

»Was zum Teufel ist denn da los?« Ellen beugte sich vor und entdeckte mich. Weil mir mein gesamtes Auftreten so schrecklich peinlich war, hob ich den Schwanz nach oben. Das ist die Katzenart zu lächeln.

»Ach, schau doch. Ein kleines Kätzchen. Ich gehe nach unten.«

Sekunden später war sie da. Ellen hob mich hoch und drückte mich an ihr Herz. Ich konnte seinen beruhigenden Schlag durch mein Fell spüren. Sie spürte meinen offensichtlich auch. »Dein kleines Herzchen pocht ganz wild. Wo kommst du denn her?«, sagte sie.

Ich heftete den Blick meiner grünen Augen auf sie. Ihre waren rauchblau wie das sommerliche Zwielicht. Ellen hatte immer noch langes Haar von der Farbe reifer Gerste. Ich tappte mit meiner Pfote darauf und war überrascht, dass es sich krisselig anfühlte und ihr vom Kopf abstand. Ihr Blick ruhte liebevoll auf mir, aber ihre Wangen waren nicht mehr so voll. Ihre Hände streichelten anders als früher über mein Fell. Die Bewegungen waren fest und schnell, verweilten nicht mehr so bereitwillig. Auch das heilende Leuchten, das sie umgeben hatte, war gedämpft – wie durch einen Schleier. Ein Sturm kündigte sich an, ein Sturm in ihrem Innern.

Sie steckte in irgendwelchen Schwierigkeiten. Und ich war gekommen, um ihr zu helfen.

Ganz langsam drehte ich meinen Kopf zur Seite, bis meine Nase in einem liebevollen Nasenstüber die ihre berührte.

»Ach, du süßes Schätzchen.«

Das war der Moment der Hingabe. Die Uhr schlug Mitternacht, und es regnete in langen silbernen Bindfäden. Später hörte ich Ellen oft Leuten erzählen, wie sie mich in der Mittsommernacht während eines Gewitters gefunden hatte.

»Was für ein verwahrlostes kleines Ding.«

Da stand ein Mann und strahlte Ablehnung aus, die er nach außen mit Humor bemäntelte. Doch mich konnte er nicht täuschen.

»Du musst Joe auch zu deinem Freund machen«, sagte mein Engel.

Ich zögerte. Die riesige rosa Nase in Joes Gesicht machte mir Angst. Was, wenn er niesen musste? Aber ich rang mir einen weiteren Nasenstüber ab und sah ihm in die Augen. Er mochte Katzen und streichelte mich sanft. Aber etwas in seinen hellbraunen Augen beunruhigte mich. Sie waren *zu* hell. Hell – und ohne ein Lächeln.

»Er ist total dreckig.«

Ellen setzte mich schnell ab. Ölspuren vom Lastwagen verteilten sich auf ihrem blassblauen T-Shirt. Ich stolzierte in die Küche, wobei ich eine Spur dunkler Pfotenabdrücke auf dem Boden hinterließ. Mein Schwanz stand in die Höhe und wackelte mit der Spitze.

»So ein dünner Schwanz«, sagte Joe.

»Das arme kleine Ding ist in einem bemitleidenswerten Zustand.« Ellen weinte fast, als sie sah, wie es mir ging. »Lass es erst mal fressen. Dann bade ich es und rubble es trocken.«

Joe stöhnte.

»Da haben wir's wieder«, sagte er. »Du wirst die halbe Nacht mit ihm beschäftigt sein. Ich trinke noch ein Bier und gehe dann ins Bett.«

Er öffnete den Kühlschrank und nahm eine schwarz-goldene Dose heraus. Ich miaute, dachte, das wäre Milch für mich. Da sagte er etwas Erschreckendes.

»Pass auf, dass Jessica ihn nicht sieht. Sie wird ihn mit Haut und Haaren verschlingen.«

Wer war Jessica?, fragte ich mich. Ein Hund? Ein wütender Nachbar? Eine andere Katze?

Enttäuschung schwappte über mich hinweg. In der Küche stand ein Napf, auf dem »Pussy« stand. Er war noch halb voll. Ich brach auf dem Boden zusammen. Mein Herz pochte heftig gegen die blau-weißen Fliesen. Die Knochen taten mir weh, und mein nasses Fell wurde schwer. Ich schmeckte den ekligen Geschmack von Öl auf meiner Zunge und wollte aufgeben.

Ellen hatte schon eine Katze.

Eine andere war schneller gewesen als ich.

2

Die andere Katze

Du böse Mieze! Verschwinde!«

Was für ein Schock. War das wirklich Ellens sanfte Stimme, die so kreischte? Mich ankreischte? Kätzchen können sich schneller bewegen als ausgewachsene Katzen. Ich schoss also unter das Klavier.

Nach einem schrecklichen Bad, ausgiebigem Milchgeschlabber und einem erholsamen Schlaf hatte ich mich besser gefühlt. Besonders, weil ich auf dem bernsteingoldenen Samtkissen aufgewacht war.

»Alle Katzen lieben dieses Kissen«, hatte Ellen gesagt und mich vorsichtig daraufgesetzt, nachdem sie mich mit einem flauschigen Handtuch trockengerieben hatte. »Es hat meiner Mutter gehört. Schlaf jetzt, kleines Kätzchen. Morgen früh werden wir sehen, wo du hingehörst.«

Aber jetzt war da Jessica. Jessica ist die frechste Katze, die ich je getroffen habe. Schwarz-weiß, seidig und süß, mit rosa Pfötchen, die sie gern zur Schau stellte, indem sie vorgab, sie zu putzen. Als ich in ihre herausfordernd blickenden gelben Augen sah, verliebte ich mich auf der Stelle. Mich von Jessica herumkommandieren zu lassen würde mir schwerfallen. Doch sechs Monate später wäre hoffentlich ich der Boss und – Pfoten drücken – ihr Geliebter.

Ich blieb unter dem Klavier und beobachtete den Tumult. Ellen verbannte Jessica und beseitigte die Schweinerei mit dem toten Vogel, den die Katze durch die Katzenklappe hereingeschleppt hatte. Das war der erste von vielen solcher Zwischenfälle.

Jessica benahm sich empörend. Sie zerfetzte Teppiche. Sie zerkratzte Möbelstücke. Sie versteckte ihr Futter – besonders wenn sie etwas stibitzt hatte. Ihr besonderes Kunststück war das Sich-Übergeben aus großer Höhe, um eine bessere Verteilung zu erreichen. Wurde sie ausgesperrt, pochte sie unentwegt ans Fenster und spähte mit beleidigtem Blick durch die Scheiben, bis sie wieder hereingelassen wurde. Doch am schlimmsten war, dass sie John kratzte. Der weinte, bis Ellen sich Sorgen machte. Und weil Ellen sich Sorgen machte, bekam Joe schlechte Laune.

An diesem ersten Morgen jedoch fühlte ich mich sauber und war gut gelaunt. Ich wollte unbedingt die Treppe sehen und lauerte darauf, dass Ellen die Tür zur Diele öffnen würde. Um Menschen dazu zu bringen, eine Tür zu öffnen, sitzt man am besten in eleganter Haltung und mit erhobenem Kopf in der Nähe derselben. Man beäugt den Türgriff, und irgendwann kapieren sie es dann. Das ist sozusagen telepathischer Grundkurs.

»Er will sich umsehen.«

Joe öffnete mir die Tür. Er mochte Katzen offensichtlich wirklich.

Die Diele sah atemberaubend aus mit dieser unglaublichen Treppe. Sie war einfach perfekt. Für ein Kätzchen, das in einem Bungalow geboren worden war, waren Treppen das ultimative Fitnessstudio und ein prima Aussichtspunkt. Das Beste war der Pfosten auf halber Höhe, an dem die Treppe nach links abbog. Von dort aus konnte man durch das Treppenhausfenster hinaussehen, gleichzeitig ein Sonnenbad nehmen und Streicheleinheiten von jedem bekommen, der nach oben oder unten ging. Der Geruch ließ erkennen, dass das Jessicas Sitzplatz war. Bald merkte ich, wie dreist sie war, wenn sie dort saß. Wehe, es ging einer vorbei, ohne sie zu beachten. Er bekam ihre Krallen zu spüren.

Jessica weigerte sich zunächst, ihre Treppe mit mir zu teilen. Aber ihre Neigung zum Angeben war stärker, also schoss sie wie der Blitz nach oben. Dort lag sie dann und wartete auf mich, Kinn auf dem Teppich, um mich sofort anzufallen, wenn ich in Reichweite kam.

Das war aufregend! Das Adrenalin machte uns süchtig. Jessica und ich verbrachten wilde Abende damit, mit angelegten Ohren und erhobenen Schwänzen die Treppen hinauf und hinunter zu stürmen. Unsere fliegenden Tatzen donnerten über den Teppich.

»Mami, sie machen es schon wieder«, quietschte John jedes Mal, wenn wir damit anfingen. Dann setzten sich alle drei hin, sahen uns zu und kicherten, bis das ganze Haus von Katzengetrappel und Gelächter erfüllt war. Das Glück füllte die Zimmer mit funkelnden Sternchen, und wenn wir dann endlich schliefen, summte das ganze Haus zufrieden vor sich hin.

»Das ist nur der Kühlschrank«, meinte Jessica, aber ich wusste es besser. Jessica war eine erwachsene Katze, die zu solchen Dingen keinen Draht mehr hatte. Ihre Barthaare zuckten missbilligend. Aber ich war jung und noch mit der unsichtbaren Welt verbunden. Glück bestand aus einer Wolke funkelnder Sterne, und es lag in unserer Macht, dieses Funkeln hervorzurufen.

Selbstverständlich war ich eifersüchtig auf Jessica. Tag und Nacht beschäftigten mich Gedanken: Ich bin Ellens Katze. Nicht du. Das läuft irgendwie falsch. Doch weil ich eine richtige Katze war, blieb ich cool. Der Schmerz bohrte sich dennoch in mein Herz.

Wenn Jessica auf Ellens Schoß hockte, war das fast nicht auszuhalten für mich. Eines Tages saß ich auf dem Fußboden und starrte Ellen an. Ich war eifersüchtig und fühlte mich einsam. Ihre Augen betrachteten mich nachdenklich, sie beugte sich zu mir herunter und nahm mich hoch an ihre Schulter.

»Bist du ein eifersüchtiges Kätzchen?«, säuselte sie. »Dafür gibt es keinen Grund, mein Süßer. Ich mag dich total gern und hoffe, dass wir dich behalten können.«

Ich hörte, wie Jessica knurrte, aber Ellen streichelte sie, bis sie sich wieder beruhigt hatte.

»Du bist ein ganz Hübscher«, flüsterte Ellen und sah mich an. »Du bist wie die Katze, die ich hatte, als ich ein kleines Mädchen war. Mach dir keine Sorgen, mein Schätzchen, ich werde mich schon um dich kümmern. In meinem Herzen ist Platz für euch beide, für dich und für Jessica.«

Danach ging es mir besser. Ich schnurrte und wühlte mich mit meinem Kopf in den weichen Glitzerschal, den Ellen trug.

Mein geschicktester Schachzug war jedoch, dass ich mich mit John anfreundete. Er hasste Jessica und fing an zu schreien, wenn sie ihm auch nur nahe kam. Und ich bemerkte, dass er fremden Katzen auf der Straße aus dem Weg ging. Jessica hatte dafür gesorgt, dass er vor allen Katzen Angst hatte.

Also saß ich schnurrend neben John, wenn er auf dem Boden spielte, und schubberte mich an ihm. Ich brachte nie seine Bausteine durcheinander oder rannte mit seinem Teddy davon, wie Jessica das gern machte. Ich wollte nicht, dass John weinte, und näherte mich ihm vorsichtig und immer schnurrend.

Eines Tages streckte er seine kleine Hand aus und berührte mein Fell. Ich kroch näher heran und gab vor, einzuschlafen, zusammengerollt neben seinen Beinen. Natürlich schnurrte ich. John blieb ganz ruhig und begann, mich zu streicheln.

»Liebe Katze«, sagte er zu Ellen.

»Er ist nicht wie Jessica. Er ist ein freundlicher, lieber Kater«, sagte Ellen. Danach wollte John mich auf den Arm nehmen und sogar mit mir spielen. Ich hatte mich sehr angestrengt, nett zu sein, und war belohnt worden.

»Wir werden dich behalten, mein Kätzchen«, erzählte mir Ellen eine Woche später erfreut. »Es hat sich niemand deinetwegen gemeldet. Dann sollten wir dir jetzt wohl einen Namen geben.«

Ich sah ihr direkt in die Augen und übermittelte ihr meinen Namen: »Salomon«. Zu meiner Überraschung verstand sie mich sofort. Ellen war wirklich ein gutes Medium.

»Ich werde dich Salomon nennen«, sagte sie. »Du bist so klug und machst nie Ärger wie Jessica. Ich bin froh, dass wir dich behalten dürfen.«

In diesem erleuchteten Moment erkannte ich, wie weise die Engel gewesen waren. Sie hatten all das für mich geplant: die lange Reise und die Ankunft auf Ellens Rasen, wo ich so jämmerlich ausgesehen hatte. Wäre ich in derselben Straße geboren worden, hätte Ellen nie nach mir gesucht, denn sie hatte ja schon Jessica. Doch dadurch, dass sie an Ellens mütterliche Instinkte für ein verlassenes Katzenkind appelliert hatten, sicherten sie mir einen Platz in ihrem Zuhause und in ihrem Herzen.

Ich wunderte mich, warum Ellen nicht mehr tanzte. Sie spielte auch nicht mehr Klavier. Eines Tages war Joe nicht da und John schlief. Ich setzte mich aufs Klavier und sah Ellen an. Ich wusste, dass sie auf meine Gedanken reagierte. Also übermittelte ich ihr, was ich dachte. Und tatsächlich, es funktionierte.

»Versuchst du, mir etwas zu sagen, Salomon?«, fragte sie.

Ich legte mein Kinn auf den polierten Deckel des Klaviers und spürte die verstummten Saiten in seinem Inneren, die nur darauf warteten, wieder angeschlagen zu werden. Ich träumte von den perlenden Musikstücken, die Ellen als Kind gespielt hatte, und schickte ihr meinen Traum.

Sie sah auf die Uhr. Dann setzte sie sich nieder und klappte den Deckel auf. Ich war begeistert. Mein Fell sträubte sich erwartungsvoll, während ich auf die Musik wartete.

Doch daraus wurde nichts.

Ellen saß einfach da, ihre schlanken Finger ruhten wie erstarrt auf den schwarzen und weißen Tasten. Dann knallte sie auf einmal den Deckel zu und brach in Tränen aus. Sie warf sich aufs Sofa und schluchzte und schluchzte.

Entsetzt sprang ich neben sie, schnurrte und leckte ihr die Tränen von den heißen Wangen. Mehr konnte ich nicht tun.

Ich wusste, dass Ellen unglücklich war. Oft saß sie so müde im Garten, dass sie fast vom Stuhl fiel. Sie stellte sich geduldig auf Johns überschäumendes Wesen ein. Sie war immer für ihn da, spielte mit ihm, las ihm vor und lachte mit ihm. Ellens übermächtige Mutterliebe tat ihr nicht gut. Verletzte sich John, geriet sie völlig außer sich, und war er krank, dachte sie immer, er würde sterben. Sie machte sich einfach zu viele Sorgen.

»Warum ist sie nicht glücklich?«, fragte ich eines Morgens meinen Engel. Ich saß auf einem Zaunpfahl im Garten und genoss die ersten Sonnenstrahlen.

»Sie hat Angst.«

»Vor Joe?«

»Ja. Aber vor allem fürchtet sie, kein Dach über dem Kopf zu haben und verhungern zu müssen. Als Mutter ist sie sehr verletzlich – sie muss ihr Kind behüten und ernähren und ihm ein Zuhause bieten. Und ihr Mann handelt unklug. Er macht Schulden.«

Als der Engel mir erklärte, was Schulden waren, begann ich, mir Sorgen zu machen. Ich konnte mein Zuhause verlieren – und das nach diesem Höllentrip im Lastwagen. Ich war immer noch ein Kätzchen. Wer würde mich füttern? Konnte ich bleiben und Jessicas Geliebter werden?

Der Engel sprach von »Zwangsräumung« und erklärte mir auch, was das bedeutete. Der Gerichtsvollzieher konnte Ellen ihr wundervolles Haus wegnehmen und die Familie auf die Straße setzen.

Ich kletterte von dem Pfahl hinunter, fühlte mich alt und in die Verantwortung genommen. Eine schwere Last für ein Kätzchen. Ich wollte nicht mehr mit dem Engel reden. Spirituelle Eigenschaften waren auf der Erde nicht besonders gefragt. Das Überleben ging vor. Dazu waren in etwa folgende Maßnahmen notwendig: zu fressen und ein warmes, trockenes Plätzchen zu haben. Das Fell sauber zu lecken. Nicht in das Herrschaftsgebiet anderer Katzen einzudringen. Sich Hunden gegenüber durchzusetzen. Sich von Jessicas Korb fernzuhalten. Menschen dazu zu bringen, die Tür zu öffnen. Nicht die Vorhänge hochzuklettern. Menschen zu vergeben, wenn sie auf dich treten. Nicht den Käse vom Tisch zu stibitzen, auch wenn Jessica das machte. Und so weiter und so fort. Da blieb nicht mehr viel Zeit übrig, um Ellen zu lieben.

Aber Liebe war alles, was ich ihr zu bieten hatte.

So schlenderte ich in die Küche, strahlend vor Liebe und suchte den Augenkontakt mit Ellen. Sie hob mich hoch und drückte mich an ihr Herz. Sofort machte ich mir Sorgen, weil es ungewöhnlich laut und schnell schlug. Also drückte ich meine Wange dagegen und schnurrte und schnurrte.

»Salomon liebt mich jedenfalls«, sagte Ellen trotzig zu Joe. Seine Aura war dunkel und stachlig wie eine Klette. Ich konnte die zerstörerische Kraft in Ellens hübscher Küche spüren. John saß auf seinem Plastiktraktor in der Tür und sah seine Eltern verängstigt an.

Ich versuchte, ruhig zu bleiben, als Ellen mich allzu fest drückte, weil Joe sie anschrie. Er klang wie ein Hund, der in einem Betonzwinger bellt. Das schmerzte in meinen Ohren, doch ich konzentrierte mich aufs Schnurren. Ich wusste ja, mein Engel beschützte mich.

Das Gebrüll erfüllte die Küche und drang durch die Ritzen des Hauses nach draußen wie Rauch. Es schlüpfte unter den Türen hindurch, in die Ecken und die Treppe hinauf. Es durchdrang alles, die Äpfel in der Obstschale, die gemütlichen Kissen, die Uhren, die hellen, sonnigen Schlafzimmer. Und dann explodierte es in einem Regen von Scherben hinaus auf die Straße.

Ich hielt meinen Kopf unten und schnurrte weiter an Ellens Brust. Sie schien wie erstarrt. Nichts, was ich machte, konnte daran etwas ändern. In der ersten Reihe zu stehen war immer schwierig, für mich sowieso. Jessica tauchte draußen im Garten auf, sprang völlig unbeeindruckt herum und jagte Schmetterlinge. Diesmal beneidete ich sie um ihre Gabe, sich aus den Aufregungen innerhalb der Familie herauszuhalten.

Ich wollte mir für mein nächstes Leben merken, dass »sich herauszuhalten« eine durchaus wünschenswerte Eigenschaft sein konnte. Doch im Augenblick fühlte ich mich ziemlich nutzlos, besonders als Ellen mich absetzte und dafür den weinenden John in den Arm nahm.

»Was hat Papi gemacht?«, heulte er.

»Er hat die Tür eingetreten.«

»Sie ist kaputt.« John jammerte noch lauter. »Die Füchse können rein.«

»Wir können sie reparieren, Spatz. Beruhig dich. Papi ist weg.«

»Für immer?«

»Nein.«

»Hat er aber gesagt.«

»Er kommt schon wieder, du wirst sehen«, versuchte Ellen ihn zu beruhigen. Doch in ihren traurigen Augen stand die Angst.

»Jessica hat einen Schmetterling«, quiekte John. Er wand sich aus Ellens Armen, und beide rannten hinaus in den Garten. Ich begriff nicht, warum Ellen einen Schmetterling retten musste, wo doch ihre eigenen Flügel gestutzt worden waren.

Ich war erschöpft von dem Streit und krabbelte auf mein Lieblingskissen, um meinen Vormittagsschlaf zu halten. Die Segnungen des Schlafs trugen mich schnell hinüber in die unsichtbare Welt.

»Wie geht es dir, Salomon?«

Das freudige Gesicht meines Engels hielt mich davon ab, allzu sehr zu klagen. Das Gefühl der Unzulänglichkeit und die Schmerzen in meinen Ohren klangen ab, als ein heller

Strahl von Sternenlicht mich von meiner Verwirrung erlöste. Ja, es war schwierig, da stimmte mir mein Engel zu. Aber er warnte mich auch, dass es noch schlimmer kommen könnte. In der Zwischenzeit sollte ich fressen, spielen und dafür sorgen, dass aus mir schnell ein starker Kater wurde.

Gestärkt und gestählt erwachte ich nachmittags in einem leeren Haus. Ich gähnte und streckte mich. Dann tapste ich mit hochgerecktem Schwanz durch die Zimmer und suchte Ellen. Nicht einmal Jessica war irgendwo zu sehen. Ein Teller mit Katzenfutter stand am üblichen Platz in der Küche. Ich verschlang das meiste davon und fand, dass es einen metallischen Nachgeschmack hatte. »Kaninchen« stand auf der Dose. Schmecken tat es anders.

Ich erwog, mich durch die Katzenklappe zu zwängen, die für meinen dünnen Körper eigentlich zu schwer war. Außerdem schnappte sie immer nach meinem Schwanz. Also beschloss ich, zuerst oben nach Ellen zu suchen.

In der Diele lagen überall Glasscherben. Die Tür war mit einem Stück Pappe und Paketband notdürftig geflickt worden. Johns Zimmer und das Badezimmer waren leer, Ellens Schlafzimmertür war verschlossen. Ich blieb davor sitzen und starrte auf die Klinke. Mit meinen übersinnlichen Fähigkeiten spürte ich nach, ob sie sich dort drin befand. Nein. Ich miaute noch ein bisschen. Ohne Ergebnis. Also rannte ich wieder nach unten und sprang auf das Fensterbrett im Wohnzimmer.

Zu meinem Erstaunen fand ich dort Ellen. Mein Fell stand mir zu Berge, und mein Schwanz sah aus wie eine Flaschenbürste. Was ich vor mir hatte, fand ich total verwirrend.

Ellen befand sich hinter einer silbernen Tür von der Größe der Katzenklappe und war nur noch so groß wie eine Amsel. Ich starrte sie durchdringend an und wagte kaum, mich zu bewegen. Ich fürchtete, mir würde dasselbe passieren. Es handelte sich in der Tat um Ellen. Sie hatte blondes Haar, sie lächelte, und ihre Augen funkelten. Dann bemerkte ich etwas, was mich noch mehr entsetzte. Es war nur der Kopf da in dieser silbernen Tür – der Rest fehlte!

Verschreckt warf ich einen Blick hinter die Tür. Da war gar nichts! Ich wollte Ellen einen Nasenstüber geben, aber die Tür war mit einer Glasscheibe bedeckt. Ich setzte mich also hin, wandte meine Augen nicht ab und wartete, dass sie herauskam.

Die Katzenklappe klappte, und Jessica kam mit einem toten Star im Maul herein. Sie ließ die Hälfte davon in der Küche fallen und versteckte den Rest unter dem Sofa, bevor sie mich entdeckte, wie ich dasaß und Ellen in der silbernen Tür anstarrte.

»Warum bist du so aufgeplustert?«, fragte sie. »Du siehst aus wie ein Igel.«

»Mit Ellen ist etwas ganz Schreckliches passiert.«

Nur sehr wenige Katzen können lachen. Ich jedenfalls nicht. Aber Jessica wusste genau, wie sie die Mundwinkel nach oben ziehen, die Augen blitzen lassen und sich auf dem Boden wälzen musste, als ob sie lachen würde.

»Das ist ein Bild«, erklärte sie. »Das ist nicht die echte Ellen. Es ist eine flache Abbildung auf einer Unterlage.«

»Verstehe ich nicht.«

»Menschen haben ganz viele davon.« Jessica klang gelangweilt und spöttisch. »Sind dir die noch nie aufgefallen? Schau dir doch bloß mal die platt gedrückte Eule da an der Wand an. Oder die platt gedrückten Kaninchen in Johns Zimmer. Oben an der Treppe hängt ein platt gedrücktes Pferd. Ich schaue sie mir schon gar nicht mehr an.«

Ich betrachtete die Eule, fand sie ziemlich gruselig und ärgerte mich über Jessica, die mich auslachte. Ich sprang vom Fensterbrett, und wir wälzten uns quiekend auf dem Fußboden. Dann jagte sie mich die Vorhänge hoch.

Da kam Ellen herein – die richtige, nicht die platt gedrückte. Ich freute mich, sie zu sehen, aber sie freute sich gar nicht, mich oben in der Gardine zu entdecken. Schlechtes

Timing. Die Haut um ihre Augen herum war rot, ihre Aura ganz dunkel. Ich wollte ihr all meine Liebe schenken, aber sie scheuchte mich samt Jessica in den Garten. Ein paar Minuten später kam ein halber Star hinter uns her gesegelt.

Ich hasste Jessica dafür, dass sie mich in Schwierigkeiten gebracht hatte. Hass war schlecht – ich sollte nicht so empfinden. Mir wurde übel. Mein Blick trübte sich, und ich konnte meinen Engel nicht erreichen. Nebel umgab mich. Erdennebel. Hassnebel. Und ich wusste nicht, wie ich da herauskommen sollte.

In dieser Umgebung hätte ich ganz schnell von meinem Weg abkommen und ein gelangweilter alter Kater werden können, der nur fraß, schlief und überlebte. Ich trabte auf die Straße und dachte ans Weglaufen. Das Problem mit dem Weglaufen ist aber das Zurückkommen, weil es noch schwieriger ist. Und peinlich. Als ich das gerade dachte, kehrte das Auto zurück, und Joe stieg aus. Er machte einen beschämten Eindruck und ging, mit einem Strauß Rosen in der Hand, ganz langsam Richtung Haustür.

3

Der Gerichtsvollzieher

Jessica konnte den Briefträger überhaupt nicht leiden. Sie führte sich auf wie ein Wachhund, lauerte ihm immer in den Büschen neben der Eingangstür auf und stürzte sich auf seine Schnürsenkel. Wenn es regnete, saß sie auf den Stufen und beäugte den Briefschlitz. Sobald der Briefträger Briefe durch den Schlitz schob, zerfetzte sie sie mit gestreckten Krallen. Wenn Ellen sie nicht rechtzeitig erwischte, machte Jessica sogar noch ihr Geschäft in den Haufen aus Papierfetzen. Ihre Wut übertrug sich auf die anderen. Ellen, Joe und sogar der kleine John brüllten sie an, woraufhin Jessica blitzartig unter dem Sofa zu verschwinden pflegte.

Dort befand sich auch ihre private Spielzeugsammlung: eine tote Maus, ein Katzenminze-Spielmäuschen, eine blau-gelbe Legofigur, ein Schnürsenkel und ein Stück Käse, das sie vom Küchentisch gemopst hatte.

Eines Tages kämpfte Jessica wild mit einem knisternden braunen Umschlag, der offensichtlich für Joe bestimmt war.

»Du Teufelsbraten«, brüllte er mit hochrotem Kopf, als er den zerfetzten Brief in der Hand hielt. Wie üblich beschwerte er sich bei Ellen. »Musstest du dir ausgerechnet dieses total durchgedrehte Katzenvieh aussuchen? Aber jetzt ist Schluss, das Miststück kommt wieder ins Tierheim.«

»Nein, Joe«, sagte Ellen bittend. »Wir haben doch versprochen, uns um sie zu kümmern. Und manchmal ist sie richtig lieb.«

»Lieb. Lieb! Unsinn. Und wir können es uns kaum leisten, eine Katze durchzufüttern, geschweige denn zwei.«

Mir lief es kalt den Rücken hinunter. Von meinem Sitzplatz auf der Fensterbank aus, wo ich die Morgensonne genoss, beäugte ich Joe. Es fiel mir nicht leicht, ruhig zu bleiben, aber irgendwie schaffte ich es. Sogar als vom Tierheim die Rede war.

Später tappte ich hinüber zum Sofa und beschwatzte Jessica, damit sie wieder darunter hervorkam. Ihre Augen waren groß und dunkel, als sie sich endlich dazu herabließ und sich neben mich auf unseren Lieblingssessel setzte.

»Ich mag dich«, sagte ich. »Und Ellen mag dich auch. Warum musst du nur immer die Briefe so zerfetzen?«

Jessicas Antwort überraschte mich.

»Ich zerfetze nur die braunen. Da sind Rechnungen drin, und die machen Joe schlechte Laune. Er zerreißt sie auch, das habe ich gesehen. Und er versteckt sie vor Ellen.«

Der Sommer ging vorüber, und die Äpfel begannen, mit einem lauten Plumps auf den Rasen zu fallen. Ellen und John sammelten bei den Hecken saftige Brombeeren in Tüten. Ich bestand darauf, die beiden zu begleiten, natürlich mit hoch aufgerecktem Schwanz.

»Das sieht aus wie ein Schnorchel«, lachte Ellen, als ich durch das hohe Gras stolzierte.

Aber sie wollte nicht, dass ich ihr zum Geschäft folgte. Seit meinem Abenteuer mit dem Lastwagen hatte ich Angst vor Verkehrslärm, und jedes Mal, wenn ich versuchte, Ellen die Hauptstraße hinunter zu begleiten, verschwand ich immer wieder verschreckt in fremden Hecken und Gärten. Aber ich wollte sie nicht aus den Augen lassen. Manchmal schloss sie mich deswegen ein, dann saß ich am Fenster wie ein Wächter und wartete auf ihre Rückkehr.

Ellen veränderte sich. Sie war häufig wütend, ängstlich oder erschöpft von den zunehmenden Streitereien mit Joe. Aber meine Liebesbeweise waren immer willkommen, und es gab regelmäßig etwas zu fressen. Ich wurde geknuddelt, gebürstet und mit Flohpuder traktiert. Sie gab mir Vitamine und ab und zu sogar ein Ei. So wurde mit der Zeit ein glänzender, großer Kater aus mir.

Auch der Winter verging, und als der Frühling kam, war ich der Chef im Haus. Jessica schäkerte mit mir. Sie verleitete mich zu wilden Jagden durch die Himbeerranken, hinauf auf den Kirschbaum und über das Garagendach. Wir paarten uns, wo auch immer uns der Sinn danach stand: auf dem Rasen der Nachbarn, im Gemüsegarten, sogar mitten auf der Straße.

Am besten war es aber auf dem Wäschetrockner in der Abstellkammer, wenn er gerade lief. Bis Ellen die Tür aufmachte und uns erblickte. Wir erstarrten, schlossen die Augen – und machten weiter. Ellen verstand, lächelte und ließ uns allein.

Einen Monat später oder so trug Jessica schwer an meiner Nachkommenschaft. Bald war sie zu dick, um unters Sofa zu schlüpfen. Die Schwangerschaft machte sie ruhiger. Sie machte uns alle ruhiger, sogar mich.

Jessica war zufrieden. Sie ignorierte den Briefträger und richtete sich unter Ellens Bett häuslich ein. Und in einer heißen Juninacht bekam sie drei winzige Katzenkinder. Meine Kinder! Ellen brachte sie sofort alle nach unten in die Küche und setzte sie in einen Korb. Aber Jessica schleppte sie wieder nach oben, jedes Einzelne vorsichtig in ihrem Maul.

Aber der Tag, an dem ich die wunderschönen Katzenkinder bewunderte und sah, wie Jessica sich in eine liebevoll schnurrende Katzenmama verwandelte, sollte für lange Zeit mein letzter glücklicher Tag sein.

Das Haus lag friedlich in der Sonne. Ellen und Joe kamen gut miteinander aus, und John spielte glücklich im Garten.

Das war, bevor der Gerichtsvollzieher bei uns erschien.

Ich war ziemlich wacklig auf den Beinen, weil mich Joe ein paar Tage zuvor zum Tierarzt gebracht hatte. Der hatte mir eine Spritze gegeben, die mich einschlafen ließ, und dann irgendetwas mit mir angestellt, was mich daran hindern sollte, weitere Katzenkinder zu bekommen. Es tat weh und war erniedrigend.

Hinterher fühlte ich mich deprimiert, obwohl ich den Grund verstand. Ich hatte dieser Prozedur in der unsichtbaren Welt zugestimmt. Ein richtiger Kater zu bleiben würde mich vom Pfad meiner Bestimmung abbringen. Ich hatte mich bereit erklärt, Ellen zu lieben und ihr in schlechten Zeiten beizustehen. Wenn mir damals jemand gesagt hätte, *wie* schlecht die Zeiten werden würden, hätte ich wahrscheinlich gekniffen.

Ellen hatte mir mein Liebesleben mit Jessica gegönnt. Und sie wollte, dass Jessica die Erfahrung der Mutterschaft machen konnte. Außerdem sollte John erleben, wie die Katzenkinder geboren wurden und aufwuchsen.

So viel zu Ellens Träumen vom idealen Leben.

An diesem warmen Junitag hatte mich mein Engel in aller Herrgottsfrühe geweckt. Er zeigte mir das Bild eines Mannes in einem grauen Anzug, der sich in einem großen Gebäude namens »Amtsgericht« befand. So stand es jedenfalls in großen Buchstaben über dem Eingang.

Der Mann schrieb Ellens Namen und ihre Adresse auf ein Formular. Und ein Datum – das heutige. Heute wird er kommen. Und Ellen ahnt nichts davon. Sei bereit, Salomon. Bleib ruhig und schnurre.

Joe war weggegangen, und ich musste den ganzen Tag aufpassen, wo ich mich doch eigentlich von den Folgen des Tierarztbesuchs erholen wollte. Mittags war ich bereits völlig erschöpft. Niemand war gekommen. Ellen pusselte im Garten herum, während John in einer großen Wasserschüssel auf dem Rasen herumplanschte. Irgendwann bin ich eingeschlafen, zusammengerollt auf der sonnigen Treppenstufe.

In meinen Träumen summten die Bienen in den Blüten, die Schwalben riefen in der Luft, und Grashüpfer zirpten im langen Gras am Ende des Rasens. Aber während ich so vor mich hin träumte, riss mich ein ungewohnter Laut aus dem Schlaf. Schwere Schritte näherten sich. Ich öffnete ein Auge und sah ein paar glänzende Schuhe direkt vor mir auf der Treppe.

»Hallo, Mieze.« Die Hand eines Mannes strich mir über den Kopf. Der Gerichtsvollzieher!

Verglichen mit einem Tiger ist eine Katze ziemlich klein. Also hat es keinen Zweck, sich so zu benehmen, als sei man einer, und sich auf Menschen zu stürzen. Katzen müssen raffiniert und einfallsreich vorgehen.

Ich zeigte dem Gerichtsvollzieher, was ich von ihm hielt, indem ich ihn ignorierte und ungerührt in die Ferne starrte. Sein Streicheln rief keine Reaktion hervor. Nach allem, was mir der Engel erzählt hatte, kam es mir komisch vor, dass der Gerichtsvollzieher ein ganz normaler Mensch war. Doch er erwies sich als Muster an Heimtücke.

Der Nacken steif, die Augen eiskalt und das Herz verhärtet – ich konnte es schlagen hören, als er an die Tür klopfte.

Ellen öffnete und hatte John auf dem Arm. Das Kind war in ein blaues Badetuch gewickelt. Ahnungslos und fragend blickte sie den Gerichtsvollzieher an.

»Isolierverglasung?«, fragte sie lächelnd. »Nein, danke.«

»Mrs King?«

»Ja, die bin ich. Und das ist John.«

John sah nicht gerade glücklich aus, obwohl Ellen ihn auf dem Arm hopsen ließ, damit er lachte. Seine ernsten Augen trafen sich mit meinen. Er wusste Bescheid. Die eisige Aura des Gerichtsvollziehers war nicht zu übersehen, und sie war sehr bedrohlich.

»Mrs Ellen King.«

»Ja.« Das Lächeln verschwand von Ellens Gesicht.

»Sie sind die Gattin von Mr Joseph King?«

»Ja?«

Der Gerichtsvollzieher zeigte Ellen eine Karte.

»Ich bin der für diesen Bezirk zuständige Gerichtsvollzieher und habe eine Pfändung durchzuführen. Ihr Mann schuldet seiner Bank 7.000 Pfund. In dieser Höhe muss ich Gegenstände in Ihrem Eigentum pfänden.«

Ich sah, wie Ellens Aura in Stücke zersprang. Es war schrecklich. John fing just in diesem Augenblick an zu weinen, was Ellen vollends aus der Fassung brachte. Sie schrie den Gerichtsvollzieher an. Aus ihren Augen sprühten blaue Funken.

»Wie können Sie es wagen, einfach hier aufzutauchen und uns zu bedrohen? Sehen Sie nicht, dass ich ein kleines Kind habe? Es sind nicht meine Schulden, es sind seine. Ich weiß nichts darüber.«

Ich schlängelte mich in die Diele, setzte mich Ellen zu Füßen und plusterte mich auf, so gut ich konnte. Wie sehr hätte ich mir in diesem Augenblick gewünscht, ein Hund zu sein. Ein Schäferhund oder ein Rottweiler. Es ist doof, wenn du nur schnurren kannst, obwohl du eigentlich bellen möchtest.

Der Mann wiederholte monoton, was er bereits gesagt hatte, und versuchte gegen Ellens Hysterie und John Weinen anzukommen. Überraschenderweise schaffte es ausgerechnet John, sie zu beruhigen, indem er ihr seine runden Ärmchen um den Hals schlang.

»Mami, sei doch lieb.«

Ellens Beine zitterten. Die Schuhe des Gerichtsvollziehers quietschten über den Fußabstreifer. Mein Engel stand mit einem flammenden Schwert in der Diele, aber leider konnte ihn außer mir niemand sehen. Jessica rannte gerade wieder die Treppe nach oben, ein weiteres ihrer Katzenkinder im Maul.

»Ellen muss ihn nicht hereinlassen, Salomon«, sagte der Engel. Für einen Moment badete ich mich im smaragdenen Licht seiner Augen und dem Energiefluss aus dem flammenden Schwert. Ich war zum einen glücklich, dass der Engel da war und Ellen beschützte, und zum anderen traurig und verzweifelt, dass Ellen ihn nicht sehen konnte. Denn ich konnte ihr nicht helfen. Nur eine sterbliche Katze zu sein, war fast unerträglich für mich. In meiner Hilflosigkeit tat ich etwas ganz Entsetzliches, obwohl mein Engel zugegen war. Ich rannte fort.

Erfüllt von Scham, kletterte ich so hoch hinauf, wie ich nur konnte – von der Gartenmauer auf die Garage und von da aufs Hausdach. Ich kämpfte mich über die Ziegel bis zum Kamin vor, setzte mich dort hin und blickte in die Ferne, über die Felder bis zu den blauschimmernden Hügeln. Ich wollte nach Hause, in die unsichtbare Welt. Der Anblick des Engels hatte mich völlig aus der Bahn geworfen. Ich war auf einmal krank vor Heimweh.

Die Sonne heizte den Ziegelkamin auf und brannte auf mein glänzendes schwarzes Fell. Meine Schnurrhaare zitterten, und die Spitzen meiner Ohren glühten. Ich, Salomon, war ein Versager. Offensichtlich war ich nicht in der Lage, eine normale Katze zu sein.

Manchmal fühlte sich mein schlanker Körper toll an, wenn er die Treppe hinauf und hinunter tobte oder glückselig in Sesselpolstern versank. Und natürlich, wenn Ellen mich streichelte. Aber ganz tief in mir drin wohnte die Seele eines Löwen – und die passte nicht in eine kleine schwarze Katze.

Als ich die Bremsen von Joes Auto vor dem Haus quietschen hörte, schreckte ich hoch. Er schlug nach dem Aussteigen so heftig die Autotür hinter sich zu, dass die Rostpartikel nur so durch die Luft stoben. Als er an dem glänzenden Wagen des Gerichtsvollziehers vorbeihastete, runzelte er die Stirn. Seine Aura glühte blutrot.

Er betrat das Haus. Eine unheilvolle Stille folgte. Nicht einmal ein Murmeln von Stimmen war zu hören.

»Schau mal, die Katze da auf dem Dach.«

»Vielleicht kann sie nicht mehr runter.«

Die Kinder kamen aus der Schule, ein paar von denen, die mich oft streichelten. Gerade jetzt hätte ich ein paar Streicheleinheiten gut gebrauchen können. Fast wäre ich schon der Versuchung erlegen und hinuntergeklettert, da flog die Eingangstür auf. Joe erschien und sah aus, als ob er gleich explodieren würde. Der Gerichtsvollzieher und Ellen – mit hängenden Schultern – folgten ihm. Sie hatte immer noch Johns Handtuch in ihren Händen und drehte es nervös hin und her.

»Wir erwarten Ihre Zahlung innerhalb von sieben Tagen«, sagte der Gerichtsvollzieher und übergab Joe ein Blatt Papier. Der gab es unwirsch an Ellen weiter.

»Das nimmst besser du.«

Das wütende Du wurde förmlich in Ellens Richtung gespuckt. Joe stand offensichtlich kurz vor einem Wutanfall. Kaum war der Gerichtsvollzieher verschwunden, begann das Geschrei.

»Geh sofort ins Haus!«

»Es ist doch nicht meine Schuld«, schrie Ellen, bevor die Tür ins Schloss fiel.

Ich drückte mich nah an dem Kamin und ums Eck, in den kühleren Schatten. Ich fürchtete den Donner, und jetzt donnerte es im Haus. Sogar das Dach bebte. Die Leute auf der Straße blieben stehen, um zu lauschen, und blickten mit erschreckten Gesichtern Richtung Haus.

»Es ist mal wieder so weit.«

»Das arme Mädchen. Ich weiß ja nicht, wie sie es überhaupt mit diesem Kerl aushält. Und sie hat so ein süßes Kind.«

Besorgt dachte ich an den kleinen John. Vielleicht hätte ich in sein Schlafzimmer schlüpfen und ihm ein paar Liebesbeweise geben sollen. Und die arme Jessica. Es war klug von ihr gewesen, die Kleinen unter dem Bett zu verstecken.

Ellen hatte sie zweimal nach unten gebracht, doch Jessica blieb unbeirrt und trug sie einzeln wieder die Treppe hinauf. Das war wirklich mutig gewesen! Ich stellte mir vor, wie sie während meiner einsamen Dachwache unter dem Bett saß, meine Kleinen säugte und beruhigte. Jessica brauchte zurzeit mehr Futter und viel Unterstützung. Vielleicht sollte ich eine Maus fangen und zu ihr bringen.

Die Sonne färbte sich schon orange, es musste später Nachmittag sein.

»Die Katze sitzt immer noch da oben.«

»Wenn sie bei Einbruch der Dunkelheit nicht verschwunden ist, werde ich im Haus Bescheid sagen.«

Zwei Frauen mit einem selbstzufriedenen Hund im Schlepptau gingen vorbei.

Der Blick auf die blauen Hügel lenkte mich von meinen Sorgen ab, ich begann wieder zu träumen. Ich dachte an die unsichtbare Welt, und auf einmal war ich wieder dort, saß auf schillernden Graskissen und schnurrte Millionen Sterne in den Himmel hinaus. Dann schnurrte ich sie wieder herein. Kraftsterne, ausgestattet mit der Macht der Liebe. Sie waren für Ellen, jeder Einzelne von ihnen.

Das Zuschlagen der Eingangstür brachte mich wieder auf den Boden der Tatsachen zurück. Joe verschwand mal wieder. Er warf Bücher und Kleidungsstücke ins Auto, gefolgt von ein paar Stiefeln und einem Wasserkessel. Von Ellen keine Spur. Es war ganz still. Kein Weinen von John, kein Miauen von Jessica.

Das Auto sprang nicht an.

Joe schäumte vor Wut, drehte wiederholt den Schlüssel im Zündschloss – kein Lebenszeichen. Ich machte mir Sorgen, dass Joe wieder hineingehen und es an Ellen auslassen würde.

Schließlich begann er, das Auto zu schieben. In der Nachbarschaft bewegten sich die Vorhänge, doch niemand kam ihm zu Hilfe. Da die Sackgasse abschüssig war, nahm der Wagen schnell Fahrt auf. Joe hechelte hinterdrein. Wut fördert bei Menschen manchmal körperliche Höchstleistungen zutage. Mit fliegenden Armen und Beinen überholte Joe das Auto und schwang sich auf den Fahrersitz. Mit einem Knall erwachte der Motor zum Leben.

Joe wendete, röhrte am Haus vorbei und verschwand endlich in der Ferne, Richtung Autobahn.

Als Erstes ging die Tür von Nachbarin Sue auf. Ich beeilte mich, vom Dach herunterzukommen, und stand neben ihr, als sie nervös an Ellens Tür klopfte. Sue trug Jeans und rosa Plüschhausschuhe. Wir starrten beide auf die Tür, als ob sie sich davon öffnen würde. Meine Schwanzhaare sträubten sich vor Angst. Es war beschämend.

»Salomon, das ist aber ein dicker Schwanz.« Sue hatte eine freundliche, mitfühlende Stimme. Sie bückte sich, um mich zu streicheln, aber ich war nicht in der Lage, darauf zu reagieren. Die Stille im Haus war gespenstisch.

Wahrscheinlich hat er Ellen umgebracht, dachte ich.

Sue rief durch den Briefschlitz. »Ellen! Hier ist Sue von nebenan. Alles in Ordnung bei dir?«

Wir warteten, lauschten. Endlich gab es ein Geräusch, das Klirren von Scherben. Dann kam Ellen langsam zur Tür. Sie zitterte und sah uns beide aus kleinen dunklen Augen an.

»Ich bin okay«, seufzte sie und rang sich ein müdes Lächeln ab. »Und ich bin froh, dass er weg ist.«

»Und John?«

»John geht es gut. Kaum zu glauben, aber er hat alles verschlafen.«

»Hat Joe dir wehgetan?«

»Nicht körperlich. Er hat allerdings gedroht, uns beide umzubringen. Aber er liebt John doch. Er würde ihm nie etwas antun. Nur mir … Er gibt mir an allem die Schuld.«

Ellen begann, aus tiefstem Herzen zu schluchzen. Sue führte sie zu einem Sessel, während ich nur mit unpassend aufgestelltem Schwanz herumstolzieren konnte. Sue kümmerte sich um Ellen, also sauste ich nach oben, um nach Jessica zu sehen.

Unter dem Bett, wo sie lag, ertönte ein regelrechtes Schnurrkonzert. Alle drei Kätzchen saugten angestrengt und ruderten dabei mit ihren rosa Pfötchen. Ihre Köpfe sahen aus wie nasse

Kiesel mit Knospen als Ohren. Ihre Augen waren geschlossen. Zwei von ihnen waren ganz schwarz, und eines hatte wie ich weiße Pfoten und einen weißen Fleck auf der Nase.

Menschen haben es gut, sie können weinen. Das können Katzen nicht. In diesem Moment hätte ich es gern gekonnt, weil ich so überwältigt von väterlicher Liebe und Stolz war. Ich war Vater, die Kleinen brauchten mich. Ich musste ihnen so vieles beibringen. Und ich wollte sie unbedingt nach der unsichtbaren Welt fragen, solange sie sich noch erinnern konnten. Meine wunderbaren Kinder! Wie hatte ich nur so egoistisch sein können?

»Verschwinde, Salomon«, knurrte Jessica. Aber sie war zu zufrieden, um gefährlich auszusehen. Sie lag mit zusammengekniffenen Augen auf der Seite, schnurrte und genoss es, die Kleinen zu säugen. Ich zog mich respektvoll zurück.

Johns Schlafzimmertür stand offen. Er lag so ruhig in seinem Schlaf, dass er wirkte wie aus Marmor. Ich setzte mich neben sein Gitterbettchen und schnurrte ein bisschen. Mir gefiel der helle Dunst, der das schlafende Kind umgab. Besonders am Kopfende war er sehr dicht. In diesem schimmernden Licht erkannte ich den Engel, der John beschützte.

Wieder einmal verließ ich meinen Erdenkörper und sah, wo John seine Traumzeit verbrachte. Er spielte auf einer Wiese mit einem blauen Luftballon an einer Schnur. Überall um ihn herum funkelten und glitzerten Lichterblümchen im Gras. Ein alter Mann war bei ihm. Er hatte ein liebevolles rundes Gesicht, sanfte Hände und strahlende Augen, die leuchteten, als John auf ihn zu rannte. John sah so anders aus, weniger ernst und beunruhigt als auf der Erde. In seiner Traumzeit war er sorglos und heiter.

Ellen fand mich schlafend in John Bett.

»Da gehörst du aber nicht hin«, sagte sie und hob mich vorsichtig heraus. Sie konnte mir nicht böse sein, denn ich rollte mich schnurrend vor ihrer Brust zusammen und sah ihr aufmerksam in die Augen.

»Mein lieber Salomon«, sagte Ellen und trug mich hinüber zum Fenster. Dort standen wir und bewunderten zusammen den abendlichen Garten, der erfüllt war von den rosa Strahlen der untergehenden Sonne und dem Zwitschern der Amseln. Der Duft von frisch gemähtem Gras wehte von den Feldern herüber, und im Osten ging der Mittsommermond auf.

»Vor einem Jahr bist du zu uns gekommen. Herzlichen Glückwunsch, Salomon«, sagte Ellen, und Tränen liefen ihr über die Wangen, die rot vom vielen Weinen waren.

Ich wollte ihr so gern sagen, wie sehr ich dieses sonnige Haus mochte, und meine Dankbarkeit für mein wunderschönes Heim ausdrücken. Die Sonne wärmte die Mauersteine und den weichen Rasen. Es gab dort den Kirschbaum und nette Passanten, die mich streichelten, die Katzenklappe und die tolle Treppe, die duftende Küche und die ruhigen Ecken, in denen ich so gern saß. Das Beste war für mich aber der Sessel mit dem bernsteingoldenen Kissen.

Ich wollte ihr sagen, wie traurig ich es fand, dass Joe schon wieder eine Tür und Ellens gutes Geschirr kaputt gemacht hatte.

Trotzdem war das Haus gut. Es stand auf einem alten Kornfeld, und der gute Geist des Korn schützte seine Mauern. Das Haus war erfüllt von Ellens Liebe, Johns Spielen und dem Schnurren meiner wundervollen Katzenkinder. Egal, was Joe anstellen würde, das Haus würde davon nicht berührt werden. Ich lebte bereits mein zweites Leben hier, es war mein Zuhause.

Diese Gedanken verstärkten mein Schnurren, während ich mit Ellen den Sonnenuntergang betrachtete. Leider konnte sie mich nicht verstehen, aber ich verstand sie. Was sie sagte, war ein echter Schock für mich.

»Wir müssen unser Haus verkaufen, Salomon. Wir müssen fort von hier«, schluchzte sie. »Und ich weiß nicht, ob ich dich behalten kann.«

4

Fort von Zuhause

Ich wollte den ungeliebten Katzenkäfig nicht mit Jessica teilen. Joe hatte sie am Nacken gepackt, sie hineingesteckt und die Tür verschlossen, bevor sie sich auch nur umdrehen konnte. Jessica konnte sich eigentlich ziemlich schnell umdrehen. Doch jetzt saß sie im Käfig. Sie drehte sich um sich selbst und starrte jeden mit verzweifelten Augen an. Ich saß daneben, berührte sie durch die harten Gitterstäbe und versuchte, sie zu beruhigen. Doch sie wollte sich nicht beruhigen lassen. Sie hatte Angst, und ihr Herz war gebrochen.

Am Tag zuvor waren ihre drei wundervollen Katzenkinder in demselben Behältnis verschwunden, in dem sie jetzt saß. Joe hatte ihn leer mit nach Hause gebracht.

Wir verstanden nicht, was vor sich ging. Den ganzen Tag hatten wir auf der Gartenmauer gesessen und beobachtet, wie zwei Männer Möbel aus dem Haus trugen. Ellens Klavier, das Sofa, der warme Kaminvorleger und unser Lieblingssessel wurden auf einen Lastwagen geladen. Bald war unser schönes Haus leer gewesen. Jessica und ich waren hineingeschlichen, durch die leeren Zimmer und die Treppe getapst, dahin, wo wir so schön gespielt hatten. Unsere Schwänze hingen schlaff zu Boden, Angst erfüllte unsere Blicke.

Ellen rannte hinaus zum Lastwagen und schnappte sich das bernsteingoldene Samtkissen vom Sessel.

»Das hat meine Mutter selbst genäht«, sagte sie wild entschlossen zu den beiden Männern. »Das bekommt ihr nicht. Verhaftet mich deswegen, wenn ihr wollt.« Sie reckte ihr Kinn vor und starrte die beiden an.

Einer der Männer zuckte mit den Schultern. »Soll sie es doch behalten. Ist ja nur ein Kissen«, sagte er, schloss mit einer Handbewegung die Klappe der Ladefläche und kletterte auf den Fahrersitz.

Ellen stand auf dem Rasen und klammerte sich an ihr Kissen. Die Tränen strömten ihr über die Wangen, während sie dem Lastwagen nachblickte. Joe stand in der Haustür, seine Augen schwarz vor Zorn. Er hatte die Arme vor der Brust verschränkt und brüllte dem Lastwagen ein Schimpfwort nach.

»Lass das«, sagte Ellen.

»Lass du das lieber auch.«

Ich konnte sehen, dass Joe mit seiner Wut kämpfte. Die Luft um ihn herum qualmte regelrecht. Doch aus der Wolke aus Zorn ragte ein stechender Schmerz. Er verletzte Joe und würde auch Ellen wehtun.

Ich konnte mich nicht entscheiden, ob ich bei Jessica bleiben, Ellen trösten oder Joe beruhigen sollte. Ich entschied mich für Joe. Zuerst rüstete ich mich mit dem Funkeln heilender Sterne, dann lief ich mit erhobenem Schwanz auf ihn zu und schnurrte, so laut ich konnte.

»Ach, Salomon.« Er beugte sich herunter und hob mich hoch. Ich drückte mich an seine Brust, blickte in seine Augen – und es geschah etwas ganz und gar Unerwartetes. Große, dicke Tränen liefen über Joes Wangen und auf mein Fell. Die dunkle Zornwolke verzog sich in den Garten und verschwand über die Dächer der Nachbarhäuser.

Ich erwartete als Belohnung eigentlich eine Büchse Sardinen oder zumindest ausgiebige Streicheleinheiten, aber Joe trug mich hinüber zu dem Katzenkäfig, in dem Jessica gerade den Teppich zerfetzte. Irgendwie brachte Joe es fertig, mich zu ihr hineinzustopfen, und schloss die Tür, bevor ich reagieren konnte. Dann hob er den Korb hoch, stellte ihn in den Kofferraum des Autos und schloss den Deckel.

Irgendetwas ganz Schreckliches ging hier vor sich. Wir würden zum Tierarzt oder ins Tierheim gebracht werden. Ich setzte mich und drückte gegen die Käfigtür. Die heilenden Sterne waren verschwunden. Ich fühlte, dass ich in der Falle saß.

Ellen hatte John in den Kindersitz gesetzt. Sue von nebenan sah uns an.

»Auf Wiedersehen, Salomon und Jessica. Tschüs, John«, sagte sie. Dann umarmte sie Ellen, und die beiden weinten.

Warum weinen denn alle?, fragte ich mich. Es war ein wunderschöner goldener Herbsttag. Die ersten Blätter fielen vom Kirschbaum. Wir sollten da draußen in der Sonne mit ihnen spielen.

Joe setzte sich hinters Steuer. Ellen, die neben ihm saß, umklammerte immer noch das Samtkissen. »Jetzt ist es so weit«, sagte Ellen tapfer und versuchte zu lächeln. »Ihr Katzen beruhigt euch jetzt. Wir haben einen langen Weg vor uns.«

Sobald das Auto aus der Einfahrt und auf der Straße war, begann Jessica zu heulen. Sie heulte und heulte und wollte gar nicht wieder aufhören. Ich hatte eigentlich vorgehabt, ganz ruhig sitzen zu blieben, weil an Flucht sowieso nicht zu denken war. Aber Jessica regte mich so auf, dass ich in das Katzenkonzert einstimmte.

»Sie werden das nicht zweihundert Meilen durchhalten«, sagte Joe. Er fuhr entschlossen und sehr schnell. Bald waren wir auf der Schnellstraße, wo schwere Lastwagen dicht an mir vorüberdonnerten. Ich war so verschreckt, dass mir die Haare anfingen auszufallen, besonders da, wo ich mich gegen die Käfigstangen drückte. Ich musste die ganze Zeit an meine Reise in dem ölverschmierten Laster denken.

Menschen schienen aus ihrem Leben ständig ein Chaos zu machen. Wenn ich eine wilde Katze wäre, würde ich mir einen Platz suchen, für immer dort bleiben und ihn richtig kennenlernen. Ich würde mir einen tollen Unterschlupf in einer Hecke bauen und ihn gemütlich polstern. Dann könnte ich immer glücklich im Sonnenschein spielen.

John war in seinem Sitz eingeschlafen. Ich konnte von der

Seite eine seiner Wangen sehen und eine Hand, die quer über seinem Teddy lag. Er sah friedlich aus, genauso wie der Teddybär, dessen Augen mir immer zuzwinkerten. Ich fand, die beiden machten es richtig. Sie akzeptierten das Unvermeidliche. Also versuchte ich das auch.

Ellen drehte sich um und sah mir in die Augen. »Es ist alles in Ordnung, Salomon«, sagte sie. »Ich werde mich um dich kümmern.«

Danach konnte ich ein bisschen dösen, bekam aber von Jessicas unablässigem Geheul Kopfschmerzen. Ich schloss die Augen.

Als ich sie wieder öffnete, hatte sich die Umgebung total verändert. Die ruhige Straße wand sich zwischen Hügeln und Felsen hindurch, auf denen Heidekraut und Ginster wuchsen. Ich konnte Farnkraut riechen – und Schafe. Wir waren seit Stunden im Auto, und es regnete wie aus Kübeln. Der Regen spritzte an die Fenster, dicker weißer Nebel zog vorbei und verhüllte die Landschaft.

»Ich kann nichts erkennen«, grummelte Joe dauernd. Manchmal sagte er auch: »Ich werden gleich diese Katze erwürgen.«

Jessica war das egal. Sie hatte den Bodenbelag in einen Ball aus Fäden und einen Haufen Flusen zerlegt und hineingepinkelt. Ihre Pfoten waren wund und rot. Sie heulte und heulte. Ich konnte sie einfach nicht beruhigen.

Jessica und ich waren Stadtkatzen. Wir waren beide in Häusern mit Wänden und kleinen Gärten aufgewachsen. Wir kannten die Geräusche von Radios, Kindern und Rasenmähern. Als Joe endlich das Auto abbremste und den Motor ausstellte, empfingen uns Stille, fremde Gerüche und der prasselnde Landregen. Es war eigentlich ziemlich aufregend.

»Da sind wir«, sagte Ellen. »Da ist es, unser neues Zuhause.«

»Das werden wir noch sehen«, murrte Joe.

Ich setzte mich auf und versuchte, mich zu strecken, stieß dabei aber mit dem Kopf an die Decke des Käfigs. In der

Nähe des Autos stand ein merkwürdiges Haus mit einer beigefarbenen Tür und Rädern, wie ein Auto.

»Ich habe keine Lust, in einem lausigen Wohnwagen zu hausen«, beklagte sich Joe.

Aber Ellen war fröhlich, weckte John auf und plapperte angeregt. »Ach, hör doch auf. Das wird toll. Wir können ihn uns gemütlich einrichten. Lass uns zuerst einmal die armen Katzen rauslassen. Wir bringen sie ins hintere Schlafzimmer und reiben ihre wunden Pfoten mit Butter ein.«

Die Autotür öffnete sich, es regnete herein. Ellen rannte mit dem Katzenkäfig zum Wohnwagen. Dort roch es nach Plastik, und es war eiskalt. Sie brachte uns in ein winziges Schlafzimmer, schloss die Tür und ließ uns heraus. Jessica kroch unters Bett, aber ich war froh, mich in Ellens Arme zu kuscheln. Sie saß mit mir auf dem Bett, und wir sahen zum Fenster hinaus in die aufsteigenden Nebelschwaden.

»Wir sind in Cornwall, Salomon«, sagte sie. »Es wird nett hier, du wirst schon sehen. Du bist jetzt eine Cornwall-Katze.«

Sie streichelte mich mit langen Zügen und glättete mein zerwühltes Fell. Dann strich sie Butter auf meine Pfoten und stellte uns ein Schälchen Wasser und einen Teller mit unserem Lieblingsfutter hin.

»Ihr beide bleibt hier drin. Sobald wir das Auto ausgeräumt haben und es nicht mehr regnet, dürft ihr raus und euch umsehen.«

Jessica blieb unter dem Bett, aber ich setzte mich auf einen Schrank neben dem Fenstern und leckte mir die Butter von den Pfoten. Draußen luden sie das Auto aus.

Ich mochte die Ausstrahlung des Wohnwagens nicht. Er roch muffig und wackelte die ganze Zeit, besonders wenn Joe herumlief. John rannte von einem Zimmer zum anderen und krähte aufgeregt. Ich fühlte mich nicht sicher. Das hier war nicht mein Zuhause. Sobald es aufhörte zu regnen, so schwor ich mir, würde ich nach draußen gehen und mir etwas Besseres suchen.

Später durften wir aus dem Schlafzimmer, aber die Tür nach draußen blieb verschlossen. Ich inspizierte alles gründlich und stolzierte mit hochgerecktem Schwanz herum. Es gab keine Treppe und keinen Platz zum Spielen, keine Katzenklappe und kein Sofa. Aber ich fand zumindest ein breites, sonniges Fensterbrett, auf dem ich mich ausstreckte.

Jessica weigerte sich, unser neues Zuhause auch nur zur Kenntnis zu nehmen. Sie schlich misstrauisch herum, ihr Hals wurde lang und länger, als sie in die winzigen Zimmer und Schränke blickte. Dann kratzte sie an der Eingangstür und maunzte.

»Lass sie nicht raus«, rief Ellen aus dem Schlafzimmer, wo sie John ins Bett brachte. Er weinte.

»Mir gefällt es hier nicht, Mami. Ich will nach Hause, in unser altes Haus.«

»Das geht nicht, mein Schatz. Das hier ist jetzt unser Zuhause.«

»Aber warum, Mami?«

Ellen erklärte es ihm, aber er beruhigte sich nicht. Also sprang ich auf sein Bett und legte mich schnurrend neben ihn.

»Schau, Salomon ist auch da, und ihm geht es gut«, sagte Ellen.

Mir ging es gar nicht gut. Ich wollte auch zurück in das alte Haus. Das Verlangen versetzte meinem Herzen regelrechte Stiche, aber das durfte John nicht wissen. Ich rollte mich auf seinem Kissen zusammen und gab vor zu schlafen, bis er aufhörte zu weinen und sich in sein neues Bett kuschelte.

»Einer ist geschafft, zwei müssen noch«, sagte Ellen müde. »Als Nächste ist Jessica dran.«

Ich sah mit Verwunderung, wie Ellens Aura sich mit funkelnden Sternen füllte und das helle Leuchten eines Engels neben ihr auftauchte. In diesem Moment war ich sehr stolz, eine Katze zu sein. Ellen besaß eine liebevolle Art, die jeder gestressten Kreatur guttat und sie beruhigte.

Ich erinnerte mich, dass sie diese Gabe schon als Kind gehabt hatte, wenn die Engel um sie waren. Ich setzte mich neben sie und nahm die Energie in mich auf, als wäre es wärmender Sonnenschein.

Ellen lockte Jessica von der Tür weg, nahm sie hoch und setzte sie auf das bernsteingoldene Samtkissen. Dabei streichelte sie sie die ganze Zeit und redete mit beruhigender Stimme auf sie ein.

»Alles wird gut, meine süße Jessica. Das ist dein neues Zuhause, und es wird dir hier gefallen. Deine Katzenkinder sind alle gut versorgt. Ja, ich weiß, du vermisst sie, mein Schätzchen.«

Jessica lauschte und fixierte mit ihren müden Augen Ellens Gesicht.

Durch Ellens sanftes Streicheln bekam ihr Fell allmählich seinen Glanz zurück. Sie schnurrte sogar, wenn auch nicht besonders überzeugend.

»Das ist ein Beruhigungsmittel, Jessica«, sagte Ellen und zeigte ihr eine kleine weiße Tablette. »Die tut dir nichts, hilft dir aber beim Einschlafen. Du wirst dich besser fühlen. Und morgen früh kannst du mit Salomon unser neues Zuhause erkunden.«

Ellen tauchte die Tablette in Butter, und Jessica öffnete ihr rosa Mäulchen wie ein kleiner Vogel. Zügig schob Ellen die Tablette hinten auf die Zunge, drückte Jessicas Kiefer sanft zusammen und streichelte ihre Kehle.

Ich sah, wie sie die Tablette schluckte. Jessica wurde ganz still; schlaff lag sie auf dem Kissen.

»Uff«, sagte Joe. »Das wurde aber auch Zeit. Ich war kurz davor, das Katzenvieh aus dem Auto zu werfen.«

»Mit deiner Verärgerung machst du ihr nur Angst«, sagte Ellen, die immer noch die schlafende Katze streichelte. »Und nenn sie nicht ›Katzenvieh‹.«

Sie sah mich an.

»Du brauchst kein Beruhigungsmittel, Salomon?«

Ich rollte mich auf den Rücken, strampelte mit meinen Beinen durch die Luft und sah mich frech nach ihr um.

»Nein«, sagte sie. »Offensichtlich nicht.«

Der Engel wachte die ganze Nacht über uns, während der Wohnwagen knarrte und der Regen auf das Dach und gegen die Fenster prasselte. Ich döste und versuchte, die großen Veränderungen in unserem Leben zu verstehen. Dabei fragte ich mich, wie wir mit diesem vollgestopften Wohnwagen und der unbekannten Umgebung zurechtkommen sollten.

Ich machte mir auch Sorgen wegen Joe. Was würde passieren, wenn er einen Wutanfall bekam? In dieser wackeligen Kiste, wo die Tassen schon klapperten, wenn man nur hin und her ging, war kein Platz für Joes Ausbrüche.

Die Nacht umhüllte uns mit Finsternis. Es gab keine Straßenlampen, die gelbes Licht spendeten, wie wir das gewohnt waren. Aber später, als der Regen aufhörte und ich meinen Kopf zwischen den komischen kleinen Vorhängen durchzwängte, konnte ich die hellen Sterne am Himmel sehen. Ich blickte ins Universum und sprach mit meinem Engel.

»Du darfst nicht versuchen abzuhauen, Salomon. Ellen wird dich brauchen. Es wird hart werden, aber du musst bleiben.«

Er wiederholte das immer wieder.

Als der Morgen anbrach, hatte ich mich zum Bleiben entschieden. Ich würde das Beste aus der Situation machen.

Aber dann bekam ich einen furchtbaren Schreck.

Ich war als Erster wach und saß auf der Fensterbank in der Morgensonne. Ich wollte den Garten sehen und mir einen Eindruck von der Umgebung machen.

Der Wohnwagen stand vor einer hohen Hecke, die von Unkraut und Brombeeren überwuchert war. Es war unmöglich zu erkennen, was sich auf der anderen Seite befand. Nach vorn hinaus gab es einen grünen Vorplatz – und dahinter andere Wohnwagen. Und dann entdeckte ich etwas wirklich Entsetzliches.

Ich richtete mich fast senkrecht auf, mein Schwanz sah aus wie eine Flaschenbürste. Das Fell stand mir zu Berge, und mein Herzschlag raste. Vielleicht habe ich sogar aufgehört zu atmen.

Auf dem breiten Weg kam ein riesiger, gefährlich aussehender Hund direkt auf unseren Wohnwagen zu. So ein furchterregendes Exemplar hatte ich noch nie gesehen. Er schleppte einen kleinen Mann hinter sich her, der seine Leine mit beiden Händen festhielt. Sein Gesicht und seine Aura hatten beide dieselbe Farbe: dunkelrot.

Der massige Hund hatte glitzernde Augen, und ich hörte sein Schnüffeln und Knurren und das Klickern seiner Krallen auf dem Weg. Er trottete an Joes Auto vorbei, hob sein feistes Bein und pinkelte an einen Reifen. Dann sah er hoch, erblickte mich im Fenster und warf sich lauthals bellend gegen den Wohnwagen. Der schwankte bedrohlich hin und her. Ich saß wie versteinert.

Zu Hause hatten wir einen Vorgarten mit einem Zaun und einem weißen Eisentor besessen, der die Hunde draußen hielt. Hier aber war alles offen. Wie konnte ich jemals hinausgehen, solange dort Hunde herumliefen? Ich war ein junger Kater, ich musste raus, zum Spielen und zum Herumstromern.

Es erschien mir auf einmal unmöglich, mein Versprechen gegenüber meinem Engel zu halten. Ich konnte nicht bleiben.

Meine Nackenhaare legten sich allmählich wieder, während ich mich am Fenster zusammenkauerte.

Dieses Mal betrachtete ich die Umgebung mit ganz anderen Augen. Ich hielt Ausschau nach Fluchtrouten und hoch gelegenen Aussichtsposten. In der Ferne sah ich Häuser und eine lange Straße, die sich durch die Hügel wand.

Ich plante meine Flucht.

5

Der böse Hund

Von dem Hund war weit und breit nichts zu sehen, als Joe die Wohnwagentür öffnete und uns hinaus in die Sonne ließ. Jessica zögerte nicht lange und flitzte mit angelegtem Schwanz wie ein Rennpferd durchs hohe Gras. Einen Satz in die Hecke, und sie war verschwunden.

»Das war wahrscheinlich das Letzte, was wir von ihr zu sehen bekommen haben«, sagte Joe ziemlich selbstgefällig.

»Die kommt schon wieder«, prophezeite Ellen. »Sie muss nur die neue Umgebung erkunden.«

Ich war vorsichtiger. Ellen nahm mich hoch und trug mich herum, was ich zu schätzen wusste. John tappte in blauen Gummistiefeln neben uns her. Joe blieb auf den Stufen des Wohnwagens zurück und trank Bier aus der Dose. Wir verließen unseren Stellplatz.

Von Ellens Schulter aus konnte ich über die Hecke in ein Platanenwäldchen spähen. Dort gab es verschlungene Pfade und einen Erdhügel mit großen Löchern, der mir sehr merkwürdig vorkam. Welches Lebewesen mochte wohl so große dunkle Löcher graben?

Die Vögel waren auch anders hier. Es gab lärmende Elstern und Dohlen, und der Himmel war erfüllt von grau-weißen Möwen, die ihre orangefarbenen Schnäbel aufrissen, herabstießen und schrille Schreie ausstießen, die in meinen Ohren wie Polizeisirenen klangen.

Wir trafen auf eine Frau, die vor ihrem Wohnwagen Wäsche aufhängte. Sie hatte fleischige braune Arme, ein beruhigendes Lachen und Augen, die strahlten wie bei einem

Engel. Sie machte eine Menge Aufhebens um John und mich.

»Sieh mal an, ist das nicht ein Hübscher? Ich mag Katzen.« Sie kam auf Ellen zu und senkte ihr runzliges Gesicht zu mir herunter. Wir gaben uns einen Nasenstüber.

Sue von nebenan, dachte ich. Sie hieß nur anders. Pam. Pam von nebenan. Eine gute Fluchtmöglichkeit, entschied ich. Die ganze Zeit suchte ich nach Fluchtwegen, Verstecken, Löchern in der Hecke, Kartons unter Wohnwagen und Bäumen.

»Wo finde ich den Besitzer des Campingplatzes?«, wollte Ellen wissen.

Pam deutete auf eine Lücke in der Hecke, durch die der breite Weg auf das nächste Grundstück führte. »Dort durch und dann den Hang hinauf bis ans Ende. Er hat ein großes Haus mit Garten. Aber passt auf den Hund auf. Mir tut er nichts, aber Fremden gegenüber benimmt er sich nicht immer gut.«

»Läuft er frei herum?«, fragte Ellen.

»Nein, nur in seinem Garten«, sagte Pam. »Aber manchmal büxt er aus. Nick kann ihn nicht aufhalten, der Hund ist schwerer als er. Ich muss immer lachen, wenn Nick versucht, mit ihm Gassi zu gehen. Mit seinen großen Pfoten sieht der Hund eher aus wie ein Zugpferd.«

Ich verstand nicht alles, was Pam sagte, aber das Wort »Hund« hörte ich und begann sofort, mich unbehaglich zu fühlen. Als Ellen auf das Haus mit der Gartenmauer zuging, wurde ich mit jedem Schritt angespannter. In der Mauer gab es ein großes schmiedeeisernes Tor.

Ich heftete meine Augen darauf. Ich konnte ihn riechen und spüren. Den bösen Hund.

»Was ist denn los, Salomon?«, fragte Ellen und packte mich fester.

»Großer Hund, Mami, guck mal«, quietschte John, als der Hund am Tor auftauchte. Er bellte nicht, er lauerte nur.

Da machte ich etwas ganz Schreckliches. Vor lauter Eile, von ihm wegzukommen, zerkratzte ich Ellens bloße Schulter. Dann flog ich übers Gras und den ganzen Weg zurück, den wir gekommen waren. Ich rannte schneller als jemals zuvor und hörte den Hund bellen. Ich befand mich in einer völlig offenen Landschaft. Nirgendwo ein Versteck in Sicht. Ich sauste durch die Lücke in der Hecke. Wo war nur unser Wohnwagen? Ich wusste es nicht mehr.

Der einzige Ausweg war ein Satz mitten in die Hecke. Die Hecken in Cornwall sind aus Steinen, deswegen war es einfach, unter den Brombeeren und Brennnesseln durchzukriechen bis in den Schutz der Zweige eines Weißdornbusches. Es war ein ziemlich schwieriger und stachliger Aufstieg, aber ich kletterte tief ins Geäst, bis ich schließlich sitzen blieb und meinem schnellen Herzschlag lauschte. Aus der Ferne hörte ich den Hund immer noch bellen und John schreien.

Aus meinem Versteck sah ich, wie Ellen ihn über den Pfad zurückbrachte und dabei ruhig mit ihm sprach.

Den ganzen Tag in diesem stachligen Busch sitzen zu bleiben erschien mir nicht besonders erstrebenswert. So prüfte ich, als alles ruhig war, meine Möglichkeiten. Zuerst probierte ich eine der roten Beeren, die zwischen den Blättern hingen. Sie schmeckte scheußlich. Eine Katze würde hungrig werden und es nicht besonders gemütlich haben, wenn sie sich den ganzen Tag hier verstecken wollte. Ich sehnte mich zurück nach unserem schönen Zuhause, das wir verlassen hatten, und wurde ganz traurig.

Ellen rief nach mir und klapperte wie immer mit einem Löffel gegen unseren Katzennapf. Schließlich zwängte ich mich hinunter und kroch auf dem Bauch am Fuß der Mauer entlang. Ich folgte einem Pfad, den eine andere Kreatur im langen Gras hinterlassen hatte. Dann war ich wieder bei unserem Wohnwagen. Die Tür stand offen, und ich schoss mit erhobenem Schwanz hinein.

Jessica war auch zurückgekommen. Sie richtete sich gerade in den Schränkchen unter den Sitzbänken häuslich ein. Eine tote Maus hatte sie schon hereingeschleppt, dazu eine Socke von Ellen und eine Käseecke. Diesmal freute sie sich, mich zu sehen.

»Weichei«, sagte sie, als ich ihr die Geschichte von dem Hund erzählte. »Dem werde ich die Flausen schon austreiben. Du bist vielleicht ein Feigling, Salomon.«

»Du hast nicht gesehen, wie groß er ist«, entgegnete ich.

»Schlappschwanz!« Jessica gähnte ausdauernd. »Hunde sind für mich jedenfalls kein Problem.«

Wir streckten uns beide auf der sonnigen Fensterbank aus, um ein Nickerchen zu halten.

Es war im Wohnwagen nicht besonders ruhig. John sprang auf den Sitzbänken herum und warf mit seinen Spielsachen. Joe war auf der Treppe und bohrte Löcher in die Tür, um eine Katzenklappe für uns zu installieren. Ellen wurde immer hektischer, weil sie versuchte, Kisten auszupacken.

Ich sah schuldbewusst die roten Kratzer an ihrer Schulter. Sie hatte mir zwar verziehen, aber ich fühlte mich immer noch schlecht. Und Jessica hatte mich einen Feigling genannt.

Kurze Zeit später brüllte Joe John an und ärgerte sich über die Wohnwagentür. Er hatte ein Loch hineingeschnitten und dann die neue Katzenklappe aus der Schachtel geholt, und jetzt stellte er fest, dass sie nicht passte.

Ich beobachtete ihn angespannt, wie er mit der Materie kämpfte. Schließlich feuerte er die Klappe unter den Wohnwagen.

»Alles Schrott«, beklagte er sich und warf seinen Werkzeugkasten nach draußen. Er schlug auf dem Rasen auf, Schrauben und Nägel flogen in alle Richtungen.

Jessica verschwand unter ihrer Sitzbank, John rannte zu Ellen und klammerte sich an ihre Beine. Ellens Gesicht wurde starr. Ich wusste, dass sie sich in Augenblicken wie diesem nicht traute, auch nur einen Pieps von sich zu geben.

Denn alles was sie sagte, sogar nette Sachen, würden bei Joe einen Wutanfall auslösen.

Da ich vom Fensterbrett nicht wegkonnte, senkte ich die Augenlider und gab vor, Buddha zu sein, vorbildlich in friedvollem Verhalten.

John saß mittlerweile auf Ellens Arm und umklammerte ihren Hals. Ellen öffnete mit der anderen Hand den Kühlschrank und nahm eine der großen schwarz-goldenen Bierdosen heraus, die Joes Lieblingssorte enthielten. Sie reichte sie ihm. Er nahm sie und lehnte sich mit dem Rücken zu uns ans Auto.

»Kommt, lasst uns ein bisschen rausgehen.« Ellen trug John die Stufen hinunter und zog seinen Plastiktraktor unter dem Wohnwagen hervor. Ich folgte mit hoch erhobenem Schwanz und setzte mich auf den warmen, trockenen Weg. John fuhr dort auf und ab.

Da tauchte auf einmal der böse Hund auf. Er trottete ganz allein den Weg herunter und hatte uns noch nicht entdeckt. Ich versteinerte auf der Stelle. Die kleinste Bewegung würde ihn auf mich aufmerksam machen und auch John und Ellen in Gefahr bringen.

Jessica schien eine Art Hunderadar zu besitzen. Sie kam aus dem Wohnwagen und schlich durch das Gras wie ein Tiger auf der Pirsch. Ich konnte spüren, wie sie sich hinter mir vorbeidrückte. Dann setzte sie sich mitten auf den Weg und begann, sich zu putzen. Ihre Dreistigkeit war unglaublich. Der Hund kam näher und näher, aber Jessica machte einfach weiter.

Ich wollte davonrennen, konnte aber Jessica, John und Ellen nicht mit dem Hund allein lassen.

Plötzlich sah er auf, erblickte uns und stürmte den Hügel herunter. Seine Pfoten donnerten auf dem Asphalt.

Jessica erhob sich und verwandelte sich in einen Drachen. Sie machte einen Katzenbuckel, legte die Ohren an und schlug mit dem Schwanz. Ihre Augen waren ganz schwarz.

Ihr Fell sträubte sich, bis sie doppelt so groß war wie sonst. Dann rannte sie auf den Hund zu, mit fauchendem Maul und gebleckten Zähnen. Sie heulte und knurrte.

»Mami, schau mal, Jessica«, quietschte John. Wir standen alle wie gebannt und beobachteten das Schauspiel.

Der Hund hörte auf zu bellen. Er zögerte, trottete schnüffelnd und knurrend zu Jessica hinüber und beobachtete sie mit glitzernden Augen. Verglichen mit dem massigen Hund wirkte sie wie eine Spielzeugkatze. Trotzdem näherte sie sich ihm, fauchte und geiferte dabei weiter. Plötzlich machte sie einen Satz in seine Richtung und fuhr ihre Krallen aus. Sie blitzen kurz im Sonnenschein auf, bevor sie den Hund an seiner empfindlichen Nase erwischte.

Er heulte auf und wich zurück; dabei rieb er sich seine verletzte Nase mit den großen weichen Pfoten. Aber ein Treffer genügte Jessica nicht – sie warf sich auf den Hund und zielte auf seine Ohren. Der floh daraufhin jaulend und wimmernd, mit eingeklemmtem Schwanz und fliegenden Ohren den Weg hinauf.

John, Ellen und sogar Joe klatschten Jessica Beifall. »Tapfere Miezekatze!«

Aber Jessica war am ihrem Lob nicht interessiert. Sie ließ sich nieder und fuhr mit ihrer Katzenwäsche fort, als wäre nichts geschehen.

Später an diesem Tag tauchte der kleine Mann mit der blutroten Aura auf dem Weg auf – ohne Hund. Ellen bot ihm einen Becher heißen Tee an. Er saß im Wohnwagen und bat um Entschuldigung.

»Er hatte da draußen nichts zu suchen. Aber irgendein Idiot hatte das Tor offen gelassen«, erklärte er. »Er ist ein Rettungshund, ein ganz lieber Kerl. Seit dem Tod meiner Frau ist er alles, was ich noch habe.«

Ich schlüpfte an der Sitzbank vorbei, schmuggelte mich auf seinen Schoß und sah ihn an. Sein Name war Nick, und sein alter, abgewetzter Mantel roch nach Hund. Ich ignorierte das, rieb mich an ihm und schnurrte. Nick war genauso furchteinflößend wie sein Hund, aber ich erkannte die Einsamkeit in seinen Augen. Also streckte ich mich und legte ihm meine Pfoten aufs Herz.

»Ein wunderbarer Kater«, sagte Nick. »Er glänzt so schön und ist richtig nett, ein ganz Lieber.«

»Er heißt Salomon«, erklärte Ellen. »Und er ist ein richtiger Kuscheltiger.«

Nachdem Nick gegangen war, hob Ellen mich hoch und knuddelte mich.

»Das hast du gut gemacht, Salomon«, sagte sie. »Nick gehört der Campingplatz, und wir müssen gut mit ihm auskommen, sonst kann er uns rauswerfen.«

Ich war stolz. Ich war eine Heilerkatze. Was ich konnte, war genauso wichtig wie Jessicas Ruhmestat. Ich liebte sie für ihren Mut, den sie gegenüber dem Hund bewiesen hatte. Sie war eine Heldin und hatte eine Dose Sardinen ganz für sich allein bekommen.

Nach dem Zusammentreffen mit Jessica kam Paisley, so hieß der böse Hund, uns nicht mehr in die Quere. Wenn Nick ihn an der langen Leine ausführte, machte Paisley einen großen Bogen um unseren Wohnwagen. Jessica erschien dann immer wie von Zauberhand auf den Stufen und putzte sich, nur um ihn zu ärgern. Paisley bellte weder mich noch John jemals wieder an. Wir gehörten schließlich zum Gefolge von Königin Jessica.

Pam von nebenan wurde eine gute Freundin. Sie hatte einen Hund, den man kaum als solchen bezeichnen konnte. Er war kleiner als Jessica, hatte Spinnenbeinchen und Segelohren. Pam steckte ihn immer in ein kariertes Mäntelchen und band ihm Schleifchen ins Haar. Sie fuhr jeden Tag angestrengt tretend mit ihrem glänzenden weißen Fahrrad ihre Runden, und er saß dann in einem Korb am Lenker.

Pam konnte Joe nicht leiden. Sie kam nur zu uns, wenn er nicht da war. Wenn er mit ihr sprach, sah sie ihn immer so misstrauisch an, als würde sie seine dunkelsten Geheimnisse kennen.

In windigen Nächten war es ziemlich gespenstisch in unserem Wohnwagen. Er schaukelte und zitterte, Platanenzweige und -äste prasselten auf sein Dach. Das erschreckte mich so, dass ich mir draußen ein sicheres Versteck suchen wollte, wo Jessica und ich uns auch nachts aufhalten konnten. Ich verbrachte viele Stunden mit der Suche danach.

Ich spazierte die Straße hinter unserem Stellplatz auf und ab und freundete mich mit den Leuten an, die dort herumgingen. Besonders mit einem Mädchen mit dunklen langen Haaren. Sie erzählte mir, dass sie Karenza hieß, und blieb immer stehen, um mich zu streicheln. Eines Tages hob sie mich hoch, und wir kamen uns richtig nahe. Wir gaben uns Nasenstüber und rieben die Wangen aneinander.

Manchmal folgte ich Karenza nach Hause und sah mir ihr Häuschen an, das ein ganzes Stück weit weg stand. Sie hatte Katzen, die immer entweder auf der Mauer, vor dem Eingang oder im Fenster saßen und fett und zufrieden wirkten. Glückliche Katzen. Karenzas Zuhause stand auf der Liste meiner Verstecke an oberster Stelle.

In einer mondhellen Nacht kletterte ich dann über die Hecke und verschwand im Platanenwäldchen. Ich wollte wissen, was diese tiefen dunklen Löcher zu bedeuten hatten, die ich gesehen hatte, und herausfinden, wer dort wohnte. Zuerst erklomm ich ein paar Bäume, auch ganz hohe, und suchte ein paar gute Sitzplätze aus, die ich schnell erreichen konnte, sollte das einmal nötig sein. Dann übte ich eine anstrengende halbe Stunde lang, wie ich am schnellsten einen Baum hinauf- und wieder hinunterkommen konnte. Meine fliegenden Pfoten raschelten dabei im Platanenlaub wie verrückt.

Da hörte ich etwas, spürte etwas, roch etwas. Aus sicherer Höhe beobachtete ich schwarz-weiße Kreaturen, die aus den Löchern krochen. Sie hatten ein spitzes Gesicht mit einem weißen Streifen, der im Mondlicht leuchtete. Sie verhielten sich sehr ruhig, schnupperten herum, hatten kluge schwarze Äuglein und einen wolligen Pelz. Dachse!

Vorsichtig schlich ich mich von meinem Baum herunter. Ich wollte gern einem der Dachse begegnen und wissen, wie es in diesen großen Löchern aussah und ob eine Katze wie ich dort willkommen wäre, wenn sie einen Zufluchtsort brauchte.

Zuerst benahmen sich die Dachse hochnäsig und aggressiv. Ich musste häufig auf Bäume flüchten, um ihnen zu entkommen. Wochenlang hing ich bei ihnen herum, schnurrte oder gab vor zu schlafen, bis ich mit einer Begrüßung durch den ältesten und weisesten Dachs gewürdigt wurde. In die Löcher durfte ich allerdings nicht.

Doch eines Nachts führte mich der alte Dachs an der Steinmauer entlang zu einem Loch, das sie gegraben und verlassen hatten. Das perfekte Versteck! Mit Moos und trockenem Gras ausgepolstert, nach Süden ausgerichtet und groß genug für zwei Katzen zum Schlafen. In dieser Winternacht war ich sehr froh, dass ich endlich ein Versteck gefunden hatte.

Doch als ich durch das Platanenwäldchen nach Hause lief, hörte ich schon von Weitem vertraute Klänge aus unserem Wohnwagen. Gebrüll und Geschrei.

6

Besuch beim Tierarzt

Die Wohnwagentür flog auf, und Jessica wurde hinausgeworfen. Ellen brüllte Joe an.

»Tu Jessica nichts. Wenn du sie anrührst, dann …«

»Was dann? Was?«

Joe verdunkelte den Türrahmen wie eine dicke schwarze Gewitterwolke; die Autoschlüssel klapperten in seiner Hand.

Jessica war mit einem Hähnchenschlegel im Maul in der Hecke verschwunden. Er hatte ihr einen Teller mit Erbsen und Kartoffeln hinterhergeschleudert, die jetzt ins Gras hüpften. Ich mochte Bratkartoffeln und merkte mir, wo sie hinkullerten. Doch zunächst blieb ich auf meinem sicheren Ast sitzen.

Nachdem Joes Auto mit quietschenden Reifen den Stellplatz verlassen hatte, kam ich herunter. Ich lauschte und hörte Jessica, die sich über ihr gestohlenes Abendessen hermachte. Im Wohnwagen bemühte sich Ellen, John zu beruhigen. Teller klapperten.

Ich machte mir wirklich Sorgen. Auf der einen Seite wollte ich hineingehen, für Heilsterne sorgen und schnurren. Auf der anderen Seite konnte ich es im Wohnwagen immer weniger aushalten. Er war so vollgestopft und stinkig, Johns Spielsachen lagen überall herum, und mein sonniges Fensterbrett wurde zum Wäschetrocknen benutzt, sodass für mich kein Platz mehr war.

Es war schon fast dunkel, und der Himmel war von einem fahlgelben Schein überzogen. Ein Sturm zog auf. Ich hatte keine Lust, diesen in dem klapprigen Wohnwagen abzuwarten.

Mein schlechtes Gewissen bedrückte mich. Es war meine Aufgabe, mich um Ellen zu kümmern – und das tat ich nicht. Nichts war mehr, wie es einmal gewesen war. Nichts war mehr einfach oder lustig wie in unserem wunderbaren alten Zuhause. Ich wollte furchtbar gern dorthin zurückkehren und betrachtete oft sehnsüchtig die Straße, die sich in der Ferne durch die Hügel wand. Die Straße, die nach Hause führte. Doch jedes Mal, wenn ich das machte, bedeutete mir mein Engel, dass mein Platz hier sei.

Er erschien in einem Sternenschauer, als ich es mir gerade auf einem breiten moosigen Ast bequem gemacht hatte.

»Warte, Salomon«, sagte er. »Geh noch nicht in den Wohnwagen.« Also blieb ich geduldig auf dem Baum sitzen und hörte, wie die ersten Windböen durch die trockenen Blätter stoben. Die Stimme meines Engels konnte ich gut verstehen, sie erklang wie Glockengeläut in meinem Kopf. Doch scharf sehen konnte ich ihn nicht. Er schien sich in einem leuchtenden Nebel zu verbergen. Meist spürte ich zuerst, wie seine Strahlkraft mein Fell zauste, bevor seine Stimme meinen Geist durchdrang. Das war aber auch ziemlich nötig, denn mein Verstand war getrübt durch mein Heimweh und meine Befürchtungen. Sogar ein bisschen Wut war dabei. Doch mein Engel fegte diese mit seinem Besen aus Sternenstaub einfach hinweg. Hinterher ging es mir besser.

Im Dämmerlicht ging jemand in einem flatternden Regenmantel auf den Wohnwagen zu, eine flackernde Taschenlampe in der Hand: Pam von nebenan. Ich schreckte erstaunt hoch. Neben ihr schwebte eine Dame in einem schimmernden Gewand, eine Dame mit einem strahlenden Lächeln und liebevollen Augen: Ellens Mutter. Jetzt wusste ich, warum ich draußen warten sollte.

Außer mir vor Freude über den Besuch aus der unsichtbaren

Welt, miaute ich, sprang vom Baum und sauste durchs Gras. Zum ersten Mal an diesem Tag trug ich meinen Schwanz hoch erhoben. Ellens Mutter führte Pam von nebenan zum Wohnwagen, machte aber eine Pause, um mir ein paar liebevolle Worte zuzuflüstern.

»Hallo, Salomon. Du bist so ein lieber Kater. Du machst das alles sehr gut. Ich danke dir.«

Sie streichelte mir mit ihren warmen Händen über das Fell, und sofort fühlte ich mich besser. Ihr Lob bestärkte mich. Ich machte einen Buckel, schnurrte und rieb mich an Pams Beinen. Die bückte sich und hob mich hoch.

»Komm her, du süße Mieze.«

Pam klopfte mit mir auf dem Arm ans Wohnwagenfenster. Mir wurde klar, dass Pam Ellens Mutter nicht sehen konnte. Diese verschwand ganz schnell, sobald Ellen die Tür öffnete.

Ich ließ mich in Ellens Schoß nieder. Immer noch erfüllte mich das liebevolle Lächeln von Ellens Mutter. Ich schnurrte tief und beruhigend. Ellen streichelte mich mit der einen und Johns Kopf mit der anderen Hand. John lehnte sich auf der Sitzbank an sie. Sein Gesicht war immer noch tränenverschmiert.

»Schläft John?«, flüsterte Pam und setzte sich Ellen gegenüber hin.

»Ja, ganz tief, Pam. Du brauchst nicht zu flüstern«, sagte Ellen. Ihre Stimme zitterte.

»Ich wollte sehen, ob mit dir alles in Ordnung ist.« Pams Augen blickten Ellen freundlich an. »Ich habe gehört, wie Joe völlig überdreht mit dem Wagen abgehauen ist.«

Ellen begann zu weinen. Sie hörte gar nicht mehr wieder auf. Pam blieb einfach sitzen, reichte ihr Papiertücher aus einer Schachtel und tröstete sie. »Ach, Liebes. Du armes, armes Mädchen.«

»Ich hasse diesen blöden Wohnwagen. Ich halte das nicht aus, Pam. Wir haben unser Haus verloren, weißt du. Die

Bank hat es übernommen, mitsamt unseren Möbeln. Sogar mein Klavier ist weg. Wenn Nick uns hier nicht wohnen lassen würde, säßen wir auf der Straße. Ich dachte, wir sollten es versuchen und das Beste daraus machen. Aber es wird immer schlimmer, Pam, vor allem, weil Joe …« Ihr versagte die Stimme. Sie konnte nicht weitersprechen.

Ich machte mich ganz lang und legte mich, mit dem Kinn auf ihrem Herzen, quer über ihre Brust. Sie fühlte sich dünn und knochig an. Ihr Lebenslicht war ganz matt, als ob es jeden Augenblick erlöschen würde.

»Er trinkt, oder?«, fragte Pam.

Eine neue Welle von Schmerz schien Ellen zu erfassen. Ein unaufhaltsamer Strom aus Worten und Tränen brach aus ihr hervor. Sie schluchzte und zitterte am ganzen Körper.

»Ich weiß doch«, sagte Pam. »Mir entgeht nicht viel. Außerdem kann man es riechen. Wie will er denn wieder nach Hause kommen?«

»Ich weiß nicht, Pam.« Ellen schüttelte den Kopf. »Er hat das Auto dabei. Aber wenn die Polizei ihn erwischt, was dann? Vielleicht lässt er das Auto auch beim Pub und läuft nach Hause. Das hat er schon mal gemacht. Ach, Pam, ich habe solche Angst. Wenn er so weitermacht, wird Nick uns rausschmeißen. Wo sollen wir denn dann hin? Wir haben nichts mehr, Pam, gar nichts.«

Pam beugte sich vor und brachte Ellen dazu, ihr direkt in ihre entschlossenen blauen Augen zu sehen. »Das werde ich nicht zulassen«, erklärte sie. »Und du kannst jederzeit bei mir einziehen, das weißt du. Du bist fast wie eine Tochter für mich und John wie ein Enkelkind. Ich liebe ihn und dich und auch diese wunderbare Katze.«

»Wir haben überhaupt kein Geld«, heulte Ellen. »Es geht alles für Joes Alkohol und die Miete drauf.«

Pam schüttelte ihre Faust. »Das muss aufhören.«

»Nein, Pam, misch dich da nicht ein«, sagte Ellen.

Doch mir war klar, dass Pam sich nicht daran halten

würde. Sie war wie Jessica – eine Kämpfernatur, auch wenn sie wie eine alte Dame aussah. Sie würde sich Joe vorknöpfen. Darauf war ich schon gespannt.

»Er war so ein wunderbarer Ehemann«, sagte Ellen. »Bei Johns Geburt war er überglücklich.«

Pam stand auf und machte zwei Tassen heißen Kakao. Dann durchsuchte sie die Hängeschränke, bis sie eine Dose mit Katzenfutter gefunden hatte. Kaninchen – das mochte ich am liebsten. Ich sprang zum Essen auf den Boden und hörte, wie sie mir Komplimente machte.

»Dieser Kater Salomon, der ist was ganz Besonderes«, sagte Pam. Sie streichelte mich, während ich fraß. »Er ist die schönste und liebste Mieze, die mir je untergekommen ist. Er kümmert sich um dich, Ellen. Du musst ihn unbedingt behalten! Den hat dir der Himmel geschickt.«

Danach fühlte ich mich so gut, dass ich mit Ellen und John im Wohnwagen blieb. Joe tauchte an diesem Abend nicht wieder auf, und so hatten wir trotz des Sturms eine friedliche Nacht. Jessica schlüpfte durch das Loch in der Tür, und wir rollten uns beide auf dem bernsteingoldenen Samtkissen zusammen.

Irgendwie retteten wir uns durch den Winter. Joe kam und ging, rastete aus und entschuldigte sich. Danach benahm er sich ein paar Tage anständig. Aber dieser Zustand war nie von Dauer.

Als der Sommer kam, wurde das Leben einfacher. John wuchs schnell und rannte mit den anderen Kindern über den Campingplatz. Ellen hängte die Wäsche draußen in der Sonne auf. Sogar ein paar Töpfe mit Blumen gab es.

Joe blieb vormittags immer im Bett liegen, während Ellen putzte und John bei Laune hielt. Jessica und ich amüsierten uns damit, uns gegenseitig die Bäume hoch und runter zu jagen. Jessica ging auch gern zu Nicks Haus, um Paisley zu ärgern, indem sie sich oben auf den Torpfosten setzte. Der arme Hund bibberte und bebte, und sobald Jessica in seinen Garten sprang, verschwand er jaulend im Haus.

Ich zeigte Jessica alle meine Verstecke, auch die Dachshöhle. Wir schliefen spaßeshalber ein paarmal darin. Zu Karenzas Katzen wollte sie mich allerdings nie begleiten, also ging ich allein und verbrachte ein bisschen Zeit mit ihnen. Ich pflegte auch meine Freundschaft zu den Dachsen. Das war Teil meines Plans, ein dichtes Netz aus Freunden zu haben, die mir in Notzeiten vielleicht helfen konnten.

Eines Tages hatte ich nach einer wilden Jagd mit Jessica durch das Wäldchen einen Stachel in der Pfote. Ich leckte daran herum, aber er kam nicht heraus. Ein paar Tage später eiterte die Stelle. Meine Pfote schwoll an und tat furchtbar weh. Mir ging es schlecht, und so kroch ich in den Schatten unter dem Wohnwagen. Fressen oder Spielen interessierte mich nicht mehr.

Ellen nahm mich immer wieder hoch und hielt meine Pfote in eine Schüssel mit heißem, salzigem Wasser. Das tat gut, aber bald war ich so krank, dass ich noch weiter unter den Wohnwagen kroch und zitterte.

»Wir müssen mit dir zum Tierarzt, Salomon.« Ellen kroch auf dem Bauch unter den Wohnwagen, um mich herauszuholen. Ich lag ganz schlaff in ihren Armen.

»Hol mir den Katzenkäfig, Joe«, sagte sie. »Ich bringe Salomon sofort hin. Er ist sehr krank.«

»Aber wir können uns die Gebühren nicht leisten, Ellen.«

»Das ist mir egal. Ich bringe ihn dahin.«

»Und wer wird das bezahlen?«

Ellen antwortete nicht. Sie setzte mich ab und zerrte den Katzenkäfig unter der Sitzbank hervor. Sofort begann Joe, mit ihr zu streiten. Ich lag einfach da und hatte Kopfschmerzen.

»Ich lasse Salomon nicht einfach sterben, nur weil du ein selbstsüchtiger Egoist bist«, sagte Ellen ärgerlich. »Was ist bloß mir dir los, Joe?«

Sie setzte mich in den Käfig. Ich fühlte mich so schlecht,

dass es mir ziemlich egal war, ob ich die ganze Aktion überleben würde. Sterben fühlte sich für mich okay an. Dann konnte ich zurück in die unsichtbare Welt, in das wunderschöne Tal mit den Graskissen. Es war ganz einfach. Aber dann würde Ellen allein mit ihren Problemen zurückbleiben, und ich hätte meine Arbeit nicht erledigt. Also lag ich da und versuchte, am Leben zu bleiben – trotz meiner heißen und schmerzenden Pfote.

Ellen kämpfte um die Autoschlüssel, die Joe ihr aus der Hand nehmen wollte. John klammerte sich an Ellen.

»Nimm mich bitte mit, Mami. Ich will nicht bei Papi bleiben.« Er fing an zu schreien. »Mami, bitte!«

»Halt's Maul!« Joe schubste John, sodass er rückwärts aus dem Wohnwagen fiel.

John stand langsam wieder auf, rieb sich den Ellbogen und heulte.

»Tut mir leid, Sohnemann. Ich wollte nicht, dass du hinfällst.«

Auf einmal war Joe wieder ganz ruhig und sein Kopf rot vor Scham. Aber die Wut lauerte noch im Hintergrund.

Ich beobachtete alles aus halb geschlossenen Augen, fühlte mich kraftlos und krank. Als ich das Maul öffnete, kam ein lautes Miauen heraus, das eher wie ein Schrei klang. Obwohl er verletzt war, kam der kleine John zu mir und drückte sein Gesicht gegen das Gitter des Katzenkäfigs.

»Armer Salomon«, heulte er. »Ich hab dich lieb, Salomon. Ich komme mit und pass auf, dass der Tierarzt dir nichts tut.«

Trotz meines Zustands gelang es mir, John in die Augen zu sehen und sein mitfühlendes Wesen zu erkennen. Das Kind war von einer hellen Aura aus goldenem Licht umgeben. Ich streckte ihm, so gut ich konnte, eine meiner heilen Pfoten entgegen und tätschelte ihn sanft durch die Gitterstäbe hindurch. Er hatte mir Mut gemacht.

Ellen und Joe sahen sich stumm an. Johns kleine liebevolle

Geste hatte eine heilsame Atmosphäre geschaffen, die sich beruhigend auf die gesamte Familie auswirkte.

»Ich fahre«, sagte Joe ruhig. »Ganz vorsichtig, das verspreche ich.«

Ich war zu krank, um mir Sorgen zu machen. Ich lag einfach in meinem Käfig, das Kinn auf dem Samtkissen, und war ein wenig beruhigt. Der kleine John hatte die Arbeit für mich erledigt. Jetzt saß er in seinem Kindersitz neben mir und redete beruhigend auf mich ein. Er erzählte mir, dass er Tierarzt werden wollte, wenn er einmal groß war.

Alle drei begleiteten mich bis in den OP-Raum. Dort lag ich schlaff auf dem kalten Stahltisch und war ihnen trotzdem dankbar. Der Tierarzt war diesmal eine hübsche dunkeläugige Frau namens Abby. Sie untersuchte mich vorsichtig, wobei sie leise mit mir sprach.

»Er ist sehr krank«, erklärte sie schließlich. »Er braucht sofort eine Antibiotikaspritze. Ich gebe sie ihm gleich.«

John streichelte meinen Kopf, während Abby mir die Spritze verabreichte.

»Du bist ein netter Junge«, sagte sie zu John. »Einen Helfer wie dich könnte ich gut gebrauchen.«

»Mir tut der Ellbogen weh«, sagte John. »Ich bin aus dem Wohnwagen gefallen. Aber wegen Salomon habe ich aufgehört zu weinen. Ihm hat der Kopf wehgetan.«

Ellen und Joe standen daneben, sahen sich an und hielten sich an den Händen. Ellen war bleich. Man konnte noch die Spuren der Tränen auf ihren Wangen sehen.

»Jetzt noch ein Schmerzmittel«, erklärte Abby und gab mir eine weitere Spritze. »Du bist ein tapferer Kater, Salomon. Ich wollte, alle Katzen wäre so wie du.«

Dann machte sie etwas mit meiner Pfote. Der Abszess öffnete sich; ich konnte richtig spüren, wie der heiße Schmerz herausfloss. Auf einmal fühlte ich mich ganz schläfrig und ruhig.

»Er schnurrt, Mami, er schnurrt«, sagte John aufgeregt.

»Er weiß, dass es ihm jetzt besser gehen wird.« Das war das Letzte, was ich Ellen sagen hörte, bevor ich einschlief. Abbys Worte kamen bereits aus weiter Ferne.

»Er braucht Wärme und Ruhe. Und er muss alle sechs Stunden eine von diesen Tabletten schlucken. Er ist ein starker junger Kater. Es sollte ihm bald besser gehen.«

Als ich wieder erwachte, lag ich im Wohnwagen auf Ellens Schoß. Sie streichelte mich so sanft, als sei ich zerbrechlich. Ihre Hände fühlten sich warm an und verteilten Sternenstaub. Es war wunderschön. Ich gab vor weiterzuschlafen und ließ mich in meinen Träumen treiben.

Ich hörte Musik und erinnerte mich an mein voriges Leben als Ellens Katze. Wir waren über den Rasen getanzt. Und manchmal hatte ich auf dem Klavier gesessen, wenn sie darauf spielte und mir die Musik durch den ganzen Körper floss. Was war nur geschehen, dass sich Ellen so verändert hatte? Ich fragte meinen Engel.

»So ist das Leben«, sagte der nur.

»Und warum bin ich krank geworden?«, fragte ich.

»Das war ein Geschenk«, antwortete mein Engel.

»Ein Geschenk?«

»Manchmal kann eine Krankheit ein Geschenk sein. In der Zeit, in der dein Körper heilt, wird auch die Seele wieder gesund. Sie macht sozusagen Urlaub. Die Krankheit beruhigt und stärkt auch die Menschen, die sich um dich kümmern. Sie erinnert sie daran, freundlich und gut zu sein. So wirkt sie segensreich auf die ganze Familie.«

Ich verstand. Ich sollte mich ausruhen, wieder gesund werden und mich von Ellen verwöhnen lassen. Aber sogar als ich einfach nur dalag und vorgab zu schlafen, hatte ich ein Auge auf Joe. Er lag in eine Ecke gelümmelt da, trank eine Dose Bier nach der anderen und warf die leeren Dosen einfach auf den Boden.

Da stand auf einmal Nick in der offenen Wohnwagentür. Er sah sehr ernst aus.

»Du hast anscheinend wieder getrunken, Joe.« Er sah auf die Dosen auf dem Fußboden. »Ich bin wegen der Miete gekommen. Kannst du bezahlen?«

Joe stand auf. Ich spürte, wie Ellens Hände ganz steif wurden. Was würde als Nächstes geschehen?

7

Die vorwitzige Mieze

John ging ab dem Herbst zur Schule. Ellen fuhr ihn jeden Morgen mit dem Auto dorthin. Sie blieb immer ziemlich lang weg, und wir Katzen waren mit Joe allein. Als Erstes zog Joe dann Jessica aus ihrem Korb, mit einem groben Griff um den Bauch. Sogar wenn es regnete, warf er sie nach draußen, klatschte in die Hände und scheuchte sie weg.

Eines Tages machte er dasselbe mit mir. Ich war zutiefst verletzt, drehte mich um, sah ihn vorwurfsvoll an und schlug mit dem Schwanz – er knallte trotzdem die Tür zu. Offensichtlich wollte er uns nicht in seiner Nähe haben.

Jessica jagte in der Hecke nach Mäusen. Sie deponierte sie unter dem Wohnwagen und wartete auf eine Chance, hineinzuschlüpfen und sie in ihr geheimes Versteck zu bringen.

Ich trottete den Weg hinunter Richtung Karenzas Haus. Der kalte Wind fuhr durch mein Fell. Jessica und ich hatten ständig Hunger. Wir bekamen immer weniger zu fressen und waren abhängig von dem, was Pam uns zusteckte sowie von den Mäusen, die wir fingen.

An dem Tag teilte eine von Karenzas Katzen, ein großer roter Kater, sein Futter mit mir. Es war genug da, also fraß ich, so viel ich konnte. Karenza machte die Tür auf, und ich lugte ins Haus. Dort war es warm, weil sie einen gemütlichen Ofen hatte. Ich wollte so gern hinein zu den anderen Katzen und mich auf dem Teppich zusammenrollen!

»Hallo, Salomon«, sagte Karenza fröhlich. »Ja, ich weiß, wie du heißt. Deine Ellen hat mir alles über dich erzählt. Auch darüber, was für eine besondere Katze du bist.«

Sie nahm mich hoch und knuddelte mich. Ich rieb mich an ihr und nahm ihre Wärme und Freundlichkeit auf. Ich dachte, sie würde mich mit hineinnehmen und mich vor dem Ofen sitzen lassen, aber sie setzte mich wieder ab.

»Geh nach Hause, Salomon«, sagte sie, als ich um die schwarzen Stiefel strich, die sie immer anhatte. Sie führte mich hinaus und schloss die Tür.

Enttäuscht saß ich auf den Türstufen und dachte nach.

Der Morgenhimmel war von einem gelblichen Grau. Der Wind fuhr den Weg entlang und zupfte Blätter von den Platanen. Über mir, auf den Stromleitungen, hatte sich eine zwitschernde, aufgeregte Schar Schwalben versammelt.

Ich beobachtete, wie sie nach Süden flogen, und wusste, dass es Tausende Meilen weit weg wärmer und besser war. Ich wünschte mir, eine Schwalbe zu sein. Keine Katze.

Da blinzelte mich mein Engel aufgeregt an. »Mach, dass du nach Hause kommst! Schnell!«

Ich rannte den Weg hinauf, durch das Wäldchen und über die Hecke zum Wohnwagen. Angst schnürte mir die Kehle zu. Was war passiert?

Und dann sah ich es. Ellen saß zusammengekrümmt vor Schmerz da, eine Plastikschüssel in der Hand. Ihr Gesicht war bleich und gelb und voller Furcht. Pam und Joe saßen neben ihr.

»Du musst ins Krankenhaus, Ellen«, sagte Pam und umfasste Ellens steife Schultern.

Ellen schüttelte den Kopf. »Nein. Nein, Pam. Ich kann nicht krank sein. Was wird dann aus John und den Katzen?«

»Ich kann mich um John kümmern«, sagte Pam fürsorglich.

»Und ich mich in Dreigottesnamen um die Katzen«, sagte Joe.

Ellen sah ihn ohne viel Hoffnung an.

Ich rannte zu ihr hinüber und sprang ihr auf den Schoß.

»Verschwinde, Mistkatze.« Joe versuchte, mich herunterzuschubsen.

»Er ist keine Mistkatze«, weinte Ellen. »Das ist Salomon. Lass ihn, wo er ist.«

Ich funkelte Joe an und setzte mich so nahe wie möglich zu Ellen auf die Sitzbank. Sie krümmte sich immer noch vor Schmerzen, ihr Körper war ganz steif.

Joe stand auf und nahm die Autoschlüssel vom Haken.

»Ich fahre dich jetzt ins Krankenhaus.«

»Wie viel hast du getrunken?«, fragte Pam scharf.

»Heute noch gar nichts. Ich trinke immer erst nach dem Mittagessen.«

Pam sah Ellen an und hob die Augenbrauen.

»Stimmt das?«

»Natürlich stimmt das. Ich bin kein Lügner.«

»Wag es nicht, mir gegenüber die Stimme zu erheben, Joe.« Pams Augen blitzten. »Ich werde mich um John kümmern und ihn mit dem Fahrrad von der Schule abholen. Und ich werde auch hier sauber machen, also halt dein freches Mundwerk.«

Ellen war zu krank, um sich Sorgen zu machen. Ich blickte ihr tief in die Augen und versicherte ihr meine Zuneigung. Dann gab ich ihr einen Nasenstüber und schnurrte ganz laut. Sie nahm mein Gesicht in beide Hände.

»Danke, dass du meine Katze bist, Salomon«, sagte sie. »Bleib schön mit Jessica da. Joe bringt mich wieder nach Hause, sobald es mir besser geht.«

Joe nahm sie auf die Arme und trug sie zum Auto. Pam suchte herum und stopfte verschiedene Sachen in eine Tasche: Ellens Hausschuhe, ihre Bürste, den Kulturbeutel. Sie nahm ein gerahmtes Bild von John mit mir auf dem Arm von der Wand und warf es ebenfalls in die Tasche.

Als ich hörte, wie der Reißverschluss zugezogen wurde und der Motor des Autos ansprang, wurde mir mulmig. Ich rannte zu den Stufen am Eingang. Als das Auto anfuhr, warf mir Ellen einen letzten Blick zu.

Jessica kroch unter der Sitzbank hervor. Wir saßen beide

auf dem Fensterbrett und beobachteten Pam, die den Wohnwagen sauber machte. Sie arbeitete energisch, stopfte Joes Bierdosen in einen Plastiksack, stapelte die Automagazine ordentlich, wusch das Geschirr ab und legte Kleidungsstücke zusammen. Dabei murmelte, grummelte und redete sie ununterbrochen.

»So ein fauler Kerl, dieser Joe. Er verdient so eine nette Frau wie Ellen und zwei schöne Katzen wie euch gar nicht. Ihr beiden müsst euch jetzt gut benehmen, hört ihr?« Pam drehte sich um und drohte uns mit dem Finger. »Ihr müsst still sein und ihm aus dem Weg gehen. Ich kann John mit zu mir nehmen, aber nicht euch beide – wegen dem Hund. Hast du das verstanden, Jessica?«

Jessicas gelbe Augen blitzen Pam an, als ob sie ein Geheimnis miteinander teilen würden.

»Und zerreiß bloß nicht seine geheiligten Autozeitschriften.« Pam deutete wieder mit dem Finger auf Jessica, die die Aufmerksamkeit genoss. »Und bring keine Mäuse mit herein. Das hasst er. Seid schön brav. Ich werde ein Auge auf euch haben, bis Ellen zurückkommt, das arme Ding. Sie ist im Krankenhaus, das ist so ähnlich wie beim Tierarzt. Keine spaßige Angelegenheit, aber sie werden ihr helfen, bis es ihr besser geht. Ihr werdet schon sehen.«

Pam klang zuversichtlich. Darüber war ich sehr froh. Sie kam mir wie eine Art irdischer Engel vor. Als sie wegging, um John abzuholen, legten Jessica und ich uns zu einem ausgiebigen Schläfchen in die Nachmittagssonne, die uns durch das Fenster auf den Pelz schien.

Bei Einbruch der Dunkelheit setzte ich mich auf die Stufen vor der Tür und wartete auf Ellens Rückkehr. Paisley trottete ganz allein an der Hecke entlang. Er blieb stehen, sah mich an und hob eine Pfote. Ich rührte mich nicht. Ich wusste, dass Jessica sofort aus dem Wohnwagen schießen würde, aufgeplustert wie ein Stachelschwein, wenn Paisley näher kam. Ich traute es mir immer noch nicht zu, es allein mit ihm aufzunehmen.

Ich hörte, wie die Dachse aus ihren Löchern kamen, und das Gekrächze der Elstern, die ihre Schlafplätze aufsuchten. Bei jedem Auto, das den Weg herunterkam, schreckte ich auf. Und endlich hörte ich den vertrauten Klang von Joes Klapperkiste und das Quietschen der Reifen, als er bremste und auf den Stellplatz fuhr. Paisleys Augen funkelten rot im Scheinwerferlicht.

»Papi, Papi!« John kam angerannt. »Ich habe bei Pam Abendessen bekommen. Und sie hat mir Kuchen für Mami mitgegeben.«

Er rannte mit dem Kuchen in der Hand zum Autofenster. Es war ein hübsches Fruchtteilchen mit einer Kirsche obendrauf.

Aber der Beifahrersitz war leer.

Keine Ellen.

Joe stemmte sich aus dem Auto und schloss ab. Er kniete sich hin und sprach mit John.

»Mami ist sehr krank«, sagte er. »Sie muss ganz lange im Krankenhaus bleiben.«

John starrte ihn an, sein Gesicht verzog sich. Dann zerquetschte er das Kuchenstück, das er in der Hand hielt, schleuderte es unter den Wohnwagen und rannte in die Dunkelheit.

»Komm sofort hierher«, brüllte Joe, doch John ignorierte ihn.

Ich hatte verstanden, was Joe über Ellen gesagt hatte, und war total schockiert. Wie sollten wir denn ohne Ellen überleben? Wie konnte ich ihre Katze bleiben, wenn sie nicht da war? Ich beschloss, mich auf die Suche nach ihr zu machen.

Jessica schlüpfte unter den Wohnwagen und schnappte sich den Kuchen. Sie zog sich damit rückwärts ins Dunkel zurück und knurrte. Dann begann sie, aus dem raschelnden Papier zu fressen.

»Diebisches Katzenvieh.« Joe trampelte in den Wohnwagen.

Ich hörte, wie er den Kühlschrank öffnete und sich eine Bierdose herausnahm.

Ich rannte los, um John zu suchen. Genauso wie ich hatte auch er Rückzugsplätze, wo er sich verstecken konnte, wenn es notwendig war. Ich kannte die meisten davon.

Schließlich fand ich ihn auf einem Stapel Holzpaletten auf der Rückseite von Nicks Grundstück. Zu meiner Überraschung lehnte sich Paisley an John Beine und hatte sein großes Kinn auf dessen Knie gelegt. Er war sehr liebevoll und reichte John seine große Pranke. John sprach mit ihm.

Das veränderte mein Verhältnis zu Hunden. Offensichtlich hatte sich John mit Paisley angefreundet, als ich nicht dabei gewesen war. Es schwebten sogar ein paar Heilsterne um die beiden herum. Paisley war so damit beschäftigt, John zu trösten, dass er mich keines Blickes würdigte.

Ich war froh, dass John einen Freund hatte. Das gab mir die Freiheit, mich auf die Suche nach Ellen zu machen.

»Das kannst du nicht tun«, sagte Jessica, als ich ihr von meinen Plänen berichtete.

»Warum nicht?«

»Du könntest dich verlaufen oder überfahren werden«, sagte sie. »Außerdem finde ich es nicht besonders toll, mit Joe allein zurückzubleiben.«

»Du kannst in meine Dachshöhle gehen«, bot ich ihr an, doch das wollte sie nicht.

»Ich bin eine Hauskatze, viel zu fein für Dachshöhlen«, sagte sie und leckte energisch ihre rosa Pfötchen. »Vergiss nicht, was ich dir gesagt habe. Sobald meine Arbeit erledigt ist, werde ich mir eine kleine alte Dame suchen, die mich total verwöhnt.«

»Das wird nicht passieren, solange du Zeitschriften zerfetzt.«

»Das habe ich nicht mehr nötig. Ich bin dann eine wohlerzogene Katze«, entgegnete Jessica hochmütig.

»Du wirst mir fehlen«, sagte ich. Jessica kam zu mir herüber, leckte mir über Ohren und Rücken und schnurrte ihr putziges leises Schnurren.

Ich war ein kleiner Kater und dachte sehr viel nach, bevor ich entschied, wie ich Ellen am schnellsten finden würde. Nach meiner langen Lastwagenfahrt als Kätzchen zählte das Reisen nicht gerade zu meinen Lieblingsbeschäftigungen.

Ich freundete mich mit Joes Auto an, setzte mich drauf, wenn es warm war, und schlüpfte hinein, wenn sich eine Gelegenheit bot. Ich markierte seine Reifen mit meinem Duft, sodass ich es schnell wiederfinden konnte.

Es stellte sich bald heraus, dass Joe immer nachmittags zu Ellen fuhr, während sich Pam um John kümmerte.

Manchmal hatte er ein paar Blumen dabei oder Obst. Er war immer für etwa drei Stunden weg. Wenn er wieder zurückkam, setzte er sich in den Wohnwagen, trank und schlief.

Ich spürte die Himmelsrichtung heraus. Ellen befand sich nordöstlich von unserem Stellplatz. Wenn ich direkt über die Felder ging, wäre es nicht so weit.

»Nein, Salomon«, sagte mein Engel. »Du müsstest durch die Stadt und würdest dich verlaufen. Ellen würde sich Sorgen um dich machen. Du musst tapfer sein und mit Joes Auto mitfahren. Das bringt dich hin und auch wieder zurück. Doch du darfst nicht so verschreckt aussehen. Schau freundlich und halt deinen Schwanz in die Höhe, dann wird schon alles klappen.«

Also kroch ich einen Morgens, als die Autotüren offen standen, ins Innere des Fahrzeugs und rollte mich unter einem Mantel auf dem Rücksitz zusammen. Das ist für eine Katze ziemlich schrecklich, aber ich verhielt mich ganz ruhig, als Joe den Motor anließ und davonfuhr.

Wir sausten über die Straßen, fuhren Schleifen und Kurven, bergauf und bergab. Ich wollte gern aus dem Fenster gucken, um mir Sachen zu merken, die mir helfen konnten, meinen Weg zurück zu finden. Doch ich blieb in meinem

Versteck. Wenn Joe mich fand, würde er einen Wutanfall bekommen. Mein Engel hatte mich davor gewarnt.

»Du hast eine schwierige Aufgabe vor dir, Salomon«, hatte er gesagt. »Katzen können normalerweise nicht ins Krankenhaus hinein. Es würde mich wundern, wenn du es schaffst. Aber wenn Joe dich vorher erwischt, dann ist es vorbei. Also verhalte dich unauffällig und spring aus dem Auto, sobald er anhält.«

Als das Auto langsamer fuhr, schloss ich daraus, dass wir bald da sein würden, und lugte unter dem Mantel hervor. Das Krankenhaus erwies sich als großer Betonklotz, der hoch in den Himmel aufragte. Fenster blitzten in der Sonne. Drumherum war grüner Rasen, und es gab ein paar Bäume, in denen ich mich verstecken konnte.

Joe öffnete die Tür, um auszusteigen. Ich lauerte auf den günstigsten Augenblick und glitt an seinem Bein vorbei unter das Auto.

Ich beobachtete, wie seine alten grau-schwarzen Turnschuhe mit dem zerfransten Saum seiner Jeans darüber sich vom Auto entfernten. Und ich folgte ihnen.

»Benimm dich nicht so verstohlen«, sagte mein Engel. »In die Höhe mit dem Schwanz. Du musst den Eindruck erwecken, als gehörtest du dorthin.«

So machte ich es dann auch. Joe drehte sich nicht um, und ich stolzierte einfach hinter ihm her über den Parkplatz und auf einen breiten Weg, der sich unter großen Bäumen durchschlängelte. Überall lag Laub herum, und ich hätte gern damit gespielt, aber ich konzentrierte mich auf die Verfolgung von Joe.

Die Leute begannen, mich zu bemerken. Sie nannten mich »Mieze« und »diese Katze da«, aber ich ging weiter, mit hoch erhobenem Kopf und Schwanz, direkt durch die Glastüren in das hallende Krankenhaus. Ich würde Ellen besuchen.

»Was macht denn die Katze da?«

»Wer hat die Katze reingelassen?«

Es war schwierig, einfach weiterzutrotten, während es links und rechts neben mir spitze Kommentare hagelte. Zum Glück waren auch ein paar Komplimente dabei.

»Ach, sieh doch! So eine hübsche Katze.«

»Die weiß, wo sie hinwill, die muss hier wohnen.«

Ich war stolz auf mich, schritt durch die Korridore, und alle lächelten mir zu. Ich sträubte meine Schnurrhaare und hielt mein Kinn hoch. Mein schwarzes Fell glänzte wie Seide.

Ich war Salomon, König der Katzen!

Doch das Beste war, dass ich Ellen besuchen würde. Von einer verschreckten, geduckten Katze hätte sie nichts, nur König Salomon in seinem Glanz konnte ihr helfen.

Joe hatte sich immer noch nicht umgesehen. Völlig taub gegenüber seiner Umgebung, trabte er durch das Krankenhaus. Dann ging er links die Treppe hoch und nahm zwei Stufen auf einmal. Seine Aura strahlte hell. Ich nahm an, dass wir uns Ellen näherten. Ich wollte an liebsten maunzen.

Wieder nach links und einen blassgrünen Gang hinunter tappten meine Pfoten auf dem gebohnerten Boden. Ich wünschte mir, Jessica wäre dabei. Wir könnten ganz toll spielen, herumrennen und -rutschen und die Menschen zum Lachen bringen.

Am Ende des Ganges führte eine riesige Tür in ein helles Zimmer mit hohen Betten. Eine Krankenschwester mit grimmigem Gesicht steckte den Kopf aus einer Tür daneben und sprach Joe an.

»Hi, wollen Sie Ellen besuchen? Sie wartet schon auf Sie.«

Dann schnappte sie nach Luft. Sie hatte mich gesehen.

»Was macht die Katze hier?«

Joe wandte sich um und erblickte mich. Ihm blieb der Mund offen stehen.

»Das ist doch nicht zu glauben! Das ist unsere Katze. Sie muss mir gefolgt sein.«

Ich blickte Joe und die Krankenschwester wild an, blieb nicht stehen, sondern schwenkte meine Schwanzspitze und stolzierte ganz allein durch die große Tür. Ich würde Ellen besuchen.

»So eine vorwitzige Mieze«, rief die Krankenschwester, und Joe fing an zu lachen. Ich hörte, wie die Krankenschwester rief: »Schwester, Schwester, wir haben eine Katze auf der Station.«

Ich ging weiter durch die Reihen hoher Betten und suchte Ellen. Und mein gezieltes Miauen hatte Erfolg. Ellen setzte sich in ihrem Bett auf und stieß einen überraschten Schrei aus.

»Salomon!«

Ich muss vom Boden aus fast einen halben Meter durch die Luft gesprungen sein, um auf Ellens Bett zu kommen. Dann schnurrte ich nur noch. Sie küsste mich und weinte und lachte gleichzeitig.

»Wie bist du denn hier hereingekommen? Du Wunderkater«, hauchte sie. »Ach, es ist so schön, dich zu sehen.«

Wir hatten ein paar kostbare Minuten für uns, bis Joe mit einem Trupp aufgeregter Krankenschwestern hereinstürmte.

»Tiere sind in diesem Krankenhaus streng verboten«, sagte eine in einer dunkelblauen Uniform. Ich war vorher noch nie als »Tier« bezeichnet worden. Aber ich dachte, dass sie wohl der Boss sein musste, und sah ihr liebevoll in die Augen, während ich mich an Ellen kuschelte.

»Ich muss Sie auffordern, das Tier sofort hinauszubringen«, sagte die Oberschwester. Aber sie sah mir in die Augen, und ich merkte, dass ich ihr gefiel. »Eine wunderschöne Katze, aber …«

Joe konnte sehr überzeugend sein. Ich entdeckte eine ganz neue Seite an ihm, als er ruhig mit den Krankenschwestern sprach und ihnen von mir erzählte.

»Er ist ganz sauber und tut Ellen gut. Sie fühlt sich sofort besser. Sehen Sie doch, sie hat sogar schon etwas Farbe im Gesicht.«

»Salomon ist eine Heilerkatze«, sagte Ellen vom Bett aus.

»Bitte lassen Sie ihn noch ein Weilchen bei mir, Joe nimmt ihn nachher wieder mit nach Hause.«

Die Schwester sah erstaunt von Ellen zu Joe.

»Das ist das erste Mal, dass Ellen seit ihrer Einlieferung gesprochen hat«, sagte sie. Sie runzelte einen Augenblick die Stirn und traf eine Entscheidung. »Ich habe diese Katze nie gesehen. Eine Stunde, keine Minute länger!«

Sie zwinkerte Joe zu und ging forsch hinaus, gefolgt von zwei anderen Krankenschwestern, die lächelten.

»Danke. Du warst toll«, sagte Joe.

»Nein«, sagte Ellen. »Salomon war toll.«

8

Das verhängnisvolle Sandwich

Ellen kam nach Hause, aber ihr ging es nicht besser. Sie war nicht mehr die Ellen, die ich kannte und liebte. Anstatt zu lächeln, runzelte sie dauernd die Stirn. Ihre Stimme klang laut und verärgert. Ihre Augen hatten jeden Glanz verloren. Sie schimpfte mit John und sogar mit mir. Das machte mir schwer zu schaffen.

Ich setzte mich in eine Ecke und sah sie vorwurfsvoll an. Ich konnte kaum Gründe finden, sie noch zu mögen.

Wenn Joe da war, sprach Ellen kaum. Und war er weg, hatte sie entweder einen Putzfimmel oder legte sich aufs Bett und schlief.

Ich fragte meinen Engel, was bei ihr falsch lief.

»Ellen hat Heimweh«, sagte er. »Und ihr fehlt das Klavier. Musik ist wichtig für Ellen, sie nährt ihre Seele.

»Und was kann ich da machen?«, fragte ich.

»Sie weiterhin lieben«, sagte der Engel. »Ihr größtes Problem ist Joe. Sie muss den Mut finden, ihn zu verlassen.«

»Aber er ist doch Johns Vater«, sagte ich und erinnerte mich daran, wie stolz ich auf meine Kätzchen gewesen war und wie schwer es mir gefallen war, sie ziehen zu lassen. Zumindest war mir Jessica geblieben. »Und wo soll Ellen denn hin?«, fragte ich.

»Joe muss gehen«, sagte der Engel.

»Und dann?«

»Dann wird Frieden herrschen.«

Frieden. Ich blieb ein Weilchen im Lichtschleier des Engels sitzen und dachte an die friedlichen Zeiten mit Ellen. Wie sie im Garten gearbeitet, Klavier gespielt und mit John gespielt hatte oder wie ich auf ihrem Schoß gesessen hatte. Friedliche Zeiten, in Joes Abwesenheit.

»Pam wird dir helfen«, sagte der Engel. »Sie ist eine Kriegerin.«

Und mein Engel hatte recht. Am Nachmittag kam Pam mit einem entschlossenen Gesichtsausdruck zum Wohnwagen marschiert. Sie hatte gesehen, dass Ellen weggegangen war, um John von der Schule abzuholen. Pam wollte ein Hühnchen mit Joe rupfen.

Sie trug gestreifte Fingerhandschuhe und einen gestreiften Hut, mit dem sie aussah wie eine Hummel. Sie zog die Handschuhe aus und nahm den Hut ab, bevor sie sich Joe gegenüber hinsetzte, der mit einer Dose Bier in der Hand in einer Ecke lümmelte.

Ich hätte gern mit dem Hummelhut gespielt, aber das war wohl nicht der richtige Moment dafür.

»Du musst mit dem Trinken aufhören«, sagte Pam zu Joe.

»Was spricht denn gegen ein Bierchen? Ich hatte heute sowieso nur eins.« Joe blickte sie finster an. »Es schmeckt mir einfach, kapiert?«

Pam lehnte sich nach vorn und drohte Joe mit dem Finger. »Benimm dich, junger Mann. Pfui Teufel, der ganze Wohnwagen riecht wie ein leeres Bierfass. Was habe ich wohl gemacht, als Ellen krank war, Joe?«

Pam wartete seine Antwort gar nicht erst ab, sondern stand auf und zeigte mit dem Finger auf sein Gesicht. »Ich bin rübergekommen und habe deine ganzen Dosen und Flaschen aufgeräumt. Für Ellen, nicht für dich.«

Ich beobachtete Pams Aura. Sie sprühte Funken, während sie mit Joe schimpfte. In diesem Augenblick kam Jessica unter der Sitzbank hervor. Sie setzte sich neben Pam, begann, sich zu putzen, und grinste süffisant. Ich blieb auf dem Fensterbrett und spielte Buddha.

»Ich fürchte mich nicht vor dir.« Pams Augen brannten fast ein Loch in Joe, aber er wich ihrem Blick aus.

»Gib einfach Ruhe, Pam«, grollte er. Doch Pam kam gerade erst richtig in Fahrt.

»Arme Ellen. Anders kann ich das nicht sagen. Gut, die Zeiten sind hart, aber du solltest dich wirklich zusammenreißen und nicht nur saufen und herumlungern, während Ellen kaum genug zu essen auf den Tisch bringen kann. Und denk doch mal an John! Wann hast du ihm das letzte Mal anständige Klamotten gekauft? Er hat noch nicht mal vernünftige Sportsachen für die Schule. Dauernd heult er sich bei mir aus. Ich mache ihm immer Sandwiches, denn er ist dauernd hungrig. Und die Katzen, die wissen auch, wo es etwas für sie zu fressen gibt. Hast du dich jemals für all das bedankt? Hast du? Los, antworte.«

Jessica gefiel das alles ausgezeichnet. Ihre Augen glitzerten, während sie sich ausgiebig die rosa Pfötchen leckte. Sie machte sich über Joe lustig.

Der ließ den Kopf hängen und starrte zu Boden. Er tat mir leid. Ganz vorsichtig kroch ich auf seinen Schoß.

»Nicht schnurren«, befahl mein Engel.

Joe seufzte so tief, dass es sich anhörte, als würde Luft aus einem Ballon entweichen. Er begann, mich mit seiner rauen Hand zu streicheln. Ich merkte, dass meine Freundlichkeit ihm half.

»Ach, Pam. Ich weiß ja, dass ich zu viel trinke«, sagte er schließlich. »Ich fühle mich so nutzlos. Ich bin arbeitslos und, ja, manchmal verliere ich die Beherrschung.«

»Jetzt redest du endlich vernünftig.« Pam lehnte sich zufrieden zurück. Der Funkenschlag aus ihrer Aura hörte auf.

Da machte Jessica etwas, was sie noch nie gemacht hatte. Sie kletterte an Pam hoch, legte sich wie ein Schal um Pams Hals und sah ihr von der Seite frech ins Gesicht.

»Du albernes Katzentier.« Pam musste fast ein wenig lachen.

Und dann erzählte Joe Pam die ganze schlimme Geschichte von seinem Unglück.

»Das ist mir alles viel zu ernst«, sagte mein Engel schließlich. »Zeit zum Spielen!«

Auf dem Boden lag eine leere Plastiktüte. Ich sprang kopfüber hinein und schlidderte damit über den Boden. Meine Hinterbeine und mein Schwanz schauten noch heraus. Das muss total komisch ausgesehen haben. Dann rollte ich mich in der Tüte herum, die wie wild raschelte. Als Nächstes machte ich mich ganz flach und starrte aus der Tüte hinaus. Dabei plante ich mein nächstes Manöver. Ich blickte wild um mich, rollte mit den Augen und schwenkte meinen Schwanz. Dann hüpfte ich aus der Tüte und schlidderte ins Schlafzimmer, stieß mich an der Tür ab und sauste zurück in die Tüte. Joe und Pam lachten immer lauter, je mehr Kunststücke ich aus meiner Trickkiste zauberte.

»Oje«, sagte Pam und rieb sich über die Augen. »Ein bisschen herzhaftes Gelächter, das war es, was wir gebraucht haben. Dieser Kater weiß ganz genau, was er da tut. Stimmt doch, Salomon?«

Als Ellen zurückkam, waren wir alle ganz glücklich. Joe hatte seine Bierdosen aufgeräumt und machte gerade Tee.

John kam mit glänzendem Gesicht in den Wohnwagen gestürmt.

»Schaut doch mal! Ich habe ein goldenes Sternchen bekommen.«

»Oh, ein goldenes Sternchen«, sagte Pam. »Das hast du gut gemacht, mein Junge.«

»Schau mal, Salomon.« John hielt mir sein Schulheft vor die Nase. »Das bist du.«

Verwunderte starrte ich das Bild an. John hatte mich mit hoch erhobenem Schwanz und einem breiten Lächeln im Gesicht gemalt. Ich war schwarz mit gelben Pfoten und gelber Nase. Meine Schnurrhaare leuchteten in allen Farben des Regenbogens.

Neben mich hatte er ein großes rotes Herz gemalt und dazugeschrieben: »Ich liebe Salomon. Er ist der allertollste Kater der Welt.«

Ich gab meinem Bild einen Nasenstüber. Alle lachten. Pam deutete auf einen Farbklecks, den John über meinen Kopf gemalt hatte. Er war pink, golden, übersät von kleinen Sternen. Und er lächelte.

»Wer ist denn das?«, fragte Pam.

»Salomons Engel«, sagte John. Alle sahen sich verwundert an, als hätte John etwas Besonderes gemacht.

Nach Pams Gardinenpredigt versuchte Joe, sich gut zu benehmen. Wir alle versuchten es, sogar Jessica. Aber ich vermute, es war uns klar, dass dieser Zustand nicht von Dauer sein würde. War er auch nicht. Der letzte gute Tag war der Tag, an dem es schneite.

Jessica und ich tollten draußen herum und spielten Pinguin. Das war unser Lieblingsspiel. Wir hatten Pinguine im Fernsehen gesehen und fasziniert beobachtet, wie sie über das Eis schlidderten. Jessica war sogar auf den Fernseher gekrabbelt und hatte versucht, einen Pinguin zu fangen. Als sie herausfand, dass das nicht ging, war sie ziemlich sauer gewesen.

Wir hatten auch schon in unserem früheren Zuhause Pinguin gespielt und waren auf dem Bauch über den Küchenboden gerutscht. Jessica hatte immer einen Bogen um den Teppich gemacht und dabei mit den Hinterfüßen gerudert, als würde sie Rad fahren.

Als wir also den Schnee in der Morgensonne glitzern sahen, gab es nur noch einen Gedanken: Pinguin spielen!

Draußen tobten wir herum wie die Verrückten, rannten und schlidderten über den rutschigen Weg, bis uns die Pfoten vor Kälte brannten und alle über uns lachten. Später saßen wir am Wohnwagenfenster und beobachteten John, Ellen und Joe, die einen großen Schneemann bauten.

Ich fand ihn ganz okay, aber Jessica hatte echt Angst vor ihm. Joe setzte ihm eine Baseballkappe auf und hob John hoch, der ihm zwei schwarze Kohlenaugen und eine Möhrennase verpasste. Der Schneemann sah richtig lebendig aus. Jessicas Hals wurde lang und länger, bis sie schließlich unter der Sitzbank in ihrem Versteck verschwand.

Der Schnee schmolz schnell, aber der Kopf des Schneemanns hielt ein paar Tage durch und beobachtete jeden, der vorbeiging, besonders Jessica.

Ich wusste, dass etwas Besonderes vor sich ging, als Joe früh aufstand, sich rasierte und seine schwarze Lederjacke anzog. Ellen schüttelte das Geld aus ihrer Geldbörse auf den Tisch und zählte es. Sie gab Joe etwas davon.

»Für Benzin.«

Er bedankte sich nicht, sondern sah ärgerlich auf die Münzen. »Damit werde ich nicht weit kommen.«

»Es genügt. Den Rest brauche ich fürs Essen«, sagte Ellen.

»Und wovon soll ich mir ein Mittagessen kaufen?«

»Ich habe dir ein Sandwich gemacht.«

»Was ist drauf?«

»Hefepaste. Sonst habe ich nichts.«

»Ich will kein Sandwich mit Hefepaste«, brüllte Joe auf einmal. Er riss Ellen das Alufoliepäckchen aus der Hand und warf es voller Wut auf den Boden.

Aber auch Ellen sah wütend aus.

»Du undankbares Schwein«, schrie sie. »Ich habe dir Geld gegeben, dein Hemd gebügelt und dir ein Sandwich gemacht. Und du hast es auf den Boden geschmissen!«

Ich wusste, was als Nächstes geschehen würde. Und so kam es auch.

Jessica schnappte sich das Sandwich mit dem Maul und verschwand damit durch die Katzenklappe.

»Geschieht dir recht«, sagte Ellen. »Noch eins mache ich dir nicht.«

Joe riss die Tür auf; seine Augen funkelten vor Wut. »Was fällt dir ein, mich ein Schwein zu nennen? Ich mag eben gern ein Bier und eine Pastete zum Mittagessen. Aber du bist zu geizig, mir das Geld dafür zu geben.«

»Sechs Bier und eine Pastete, meinst du wohl«, sagte Ellen. »Ich dachte, du wolltest dir Arbeit suchen, Joe. Wenn du fährst, lässt du das mit dem Alkohol lieber bleiben.«

»Ja, ja, ja. Hör auf, an mir herumzunörgeln, Weib.«

Joe sah Ellen an, als ob er sie hassen würde. Ein Funken Stärke blitzte in Ellens Augen auf. Am liebsten hätte ich Beifall geklatscht. Da war die alte Ellen wieder, gut und gescheit und sehr dickköpfig.

Sie ging zur Wohnwagentür und stand dort mit wehendem goldenen Haar im Wind wie eine Kriegerin. Neben ihr stand ein riesiger Engel, dessen Glanz auf den Rasen strahlte und die Feuchtigkeit an den Bäumen zum Leuchten brachte. Regentropfen verwandelten sich in Lichtfunken. Der Engel zog sein Lichtschwert und steckte es zwischen Joe und Ellen in die Erde. Ich sah, wie die Edelsteine am Griff schimmerten, und hörte, wie der Engel verkündete: »Es ist vorüber.«

Ellen sah aus, als wollte sie vor unterdrückter Wut gleich platzen. Aber der Engel hatte sie in einen leuchtenden Umhang gehüllt, und sie schwieg. Sie wandte Joe den Rücken zu, ging zurück in den Wohnwagen und schloss die Tür.

»Scheinheilige Kuh«, brüllte er, sprang ins den Wagen, startete den Motor und verschwand mit quietschenden Reifen. Der Schneemann sah ihm verwundert mit einem Zwinkern in den glänzenden Augen nach. Jessica blieb unter dem Wohnwagen und zerfetzte die Alufolie der Sandwichverpackung in schmale Silberstreifen.

Ich folgte Ellen in Johns Schlafzimmer. Seine Teddybären hatten alle dasselbe verschwörerische Zwinkern in den Augen, als ob sie ein Geheimnis teilen würden. Ellen setzte sich auf Johns Bett und ich mich auf ihren Schoß. Sie schwieg, schaukelte mit mir hin und her und streichelte mich in langen Strichen vom Kopf bis zur Schwanzspitze.

Alle außer mir schienen zu wissen, was an diesem Tag

geschehen würde. Mein Engel versuchte, es mir beizubringen, aber ich wollte nicht auf ihn hören. Ich wollte es einfach nicht wissen.

Plötzlich setzte mich Ellen auf den Boden. Sie kramte in ihrer Handtasche und zog eine Plastikkarte mit Nummern und Buchstaben hervor, die sie lange anstarrte. Sie drehte die Musik laut, ging hin und her, suchte Sachen zusammen und legte sie auf den Tisch. Dann zog sie eine große Tasche aus einem der Schränke, machte sie auf und stopfte die Sachen hinein.

In eine andere Tasche packte Ellen ein paar von Johns Spielsachen, Schuhe und Gummistiefel, Schlafanzug und zwei Teddys. Dann schleppte sie die beiden Taschen nach draußen und versteckte sie unter dem Wohnwagen. Sie breitete eine Landkarte auf dem Tisch aus, studierte sie und telefonierte, die Plastikkarte in einer Hand. Sie sah mich dauernd an. Ich hörte sie ein paar Mal fragen: »Nehmen Sie Katzen?« Und die komische Stimme aus dem Telefon antwortete jedes Mal mit Nein.

Joe kehrte schlecht gelaunt zurück. Er knallte die Autoschlüssel auf den Tisch und ging zum Kühlschrank.

»Frag bloß nicht«, knurrte er Ellen an. »Ich muss erst was trinken.«

Kein Kuss, keine Frage nach ihrem Befinden. Er sah sie nicht einmal an.

»Ich hole John ab.« Ellen nahm die Autoschlüssel, und ich folgte ihr nach draußen. Sie nahm mich hoch. Ich spürte, dass sie zitterte und ihr Herz sehr schnell schlug.

»Geh und versteck dich, Salomon«, flüsterte sie mir zu. »Nimm Jessica mit. Was auch immer geschieht, ich werde kommen und euch holen. Ihr müsst hierbleiben, Salomon. Versprich mir das.«

Ich starrte sie an. Sie begann zu weinen und setzte mich ins Gras. Entschlossen zog sie die zwei Taschen unter dem Wohnwagen hervor und lud sie ins Auto.

»Wo willst du denn hin?« Joe stand im Türrahmen.

Ellen richtete sich auf und sah ihn an.

»Ich verlasse dich, Joe«, sagte sie fest. »Ich nehme John mit. Und ich werde nicht zurückkommen. Niemals!«

Der Motor lief, sie sprang ins Auto und fuhr davon.

Joe brüllte und wütete. Er rannte hinter dem Auto her und bewarf es mit Bierdosen. Ich flüchtete unter die Hecke und sah schreckerfüllt, wie er in den Wohnwagen zurückstampfte und fluchte. Es krachte ganz fürchterlich, als er mit Sachen herumwarf, das Geschirr zerschlug und an die Türen trat. Der ganze Wohnwagen bebte. Ich spürte, dass ich dort drinnen nicht mehr leben konnte – nie mehr.

Ellen war fort, und sie hatte mich hier zurückgelassen.

Ich war verzweifelt.

Jessica saß immer noch unter dem Wohnwagen und spielte mit dem verhängnisvollen Sandwich.

9

Allein und verlassen

Zum ersten Mal in meinem Leben als Heilerkatze war ich wirklich zornig. Ich hatte mein Bestes getan und war trotzdem verlassen worden. Ich war treu und freundlich gewesen. Als Kätzchen war ich losgezogen, um Ellen zu suchen. Tapfer hatte ich sie im Krankenhaus besucht. Und was war passiert? Sie hatte mich verlassen.

Ich war total aufgewühlt, konnte aber nicht herumsitzen und weinen, wie Menschen das tun. Es war einfacher, wütend zu sein.

Mein Engel versuchte, sich einzumischen.

»Es wird noch schlimmer kommen«, sagte er. »Du musst versuchen, am Leben zu bleiben, und auf Ellen warten.«

Aber ich wollte nichts davon wissen. Ärgerlich mit dem Schwanz schlagend, wandte ich dem leuchtenden Engel den Rücken zu und ging auf die Suche nach Jessica. Die würde mir schon beibringen, ein zorniger Kater zu sein und in der Wildnis zu überleben.

Wir saßen die ganze Nacht auf einem moosigen Ast und beobachteten den Wohnwagen. Joe tobte und wütete stundenlang. Dauernd flog die Tür auf, und er warf Dinge nach draußen. Zwischen den Regenschauern schien ein heller Mond, sodass wir Ellens Sachen im nassen Gras liegen sehen konnten: Kleider, Bücher, Zimmerpflanzen, CDs.

Nick kam mit Paisley an der Leine den Weg herunter. Paisley wollte nicht zum Wohnwagen, sodass Nick ihn hinter sich herzog. »Du nutzloses Kalb. Dumm wie Bohnenstroh.« Schließlich band Nick Paisley an einen Laternenpfahl. »Sitz!«

Er klopfte an die Tür, die Joe beinahe sofort aufriss. Im Lampenlicht konnte man seine roten Augen sehen. Er hatte eine Flasche in der Hand.

»Was ist los?«, fragte Nick. »Es gab Beschwerden. Und was macht das ganze Zeug da draußen auf dem Rasen?«

»Sie hat mich verlassen, das ist los. Und sie hat meinen Sohn mitgenommen.«

»Tja, kann ich ihr nicht verübeln, so wie du dich benimmst«, sagte Nick. Joe begann, ihn zu beschimpfen und zu fluchen. Er setzte sich auf die Stufen vor der Tür.

»Beruhige dich erst einmal«, sagte Nick ruhig. »Es ist schändlich, wie du dich benimmst, Joe. Du tust mir leid, aber das ist mein Campingplatz. Wenn du dich nicht sofort beruhigst und die Sauerei da draußen aufräumst, werden wir uns morgen früh ernsthaft darüber unterhalten müssen, ob du weiterhin hier bleiben kannst.«

Joe legte den Kopf in seine Hände und begann, zu schluchzen wie ein kleines Kind. Das Schluchzen erschütterte seinen ganzen riesigen Körper. Normalerweise wäre ich sofort zu ihm hingerannt, hätte ihn getröstet und mit meinem machtvollen Schnurren beruhigt. Aber ich war jetzt ein zorniger Kater.

»Komm, geh rein. Du bist ganz schön mitgenommen.« Nick sprach freundlich mit Joe, bugsierte ihn in den Wohnwagen und schloss die Tür. Paisley winselte und wickelte seine Leine um den Laternenpfahl, bis er sich fast erwürgt hatte.

Die Tür ging wieder auf, und Nick erschien.

»Schlaf dich erst mal aus, Joe. Wir reden morgen darüber«, sagte er und machte das Licht aus. Er befreite Paisley vom Laternenpfahl und trottete murmelnd und grummelnd davon in die Dunkelheit.

Jessica fror, also gingen wir in den Dachsbau, rollten uns zusammen und versuchten zu schlafen. Wir waren nass und hungrig, hatten aber zumindest ein trockenes Plätzchen, das uns Sicherheit bot.

Mein Engel versuchte noch einmal, mit mir zu sprechen, aber ich wollte ihm nicht zuhören. Ich machte die Schotten dicht und schlief ein.

Ich hatte einen wunderschönen Traum. Ich träumte von meinem früheren Leben, als Ellen noch ein Kind und ich ihre Katze gewesen war.

Damals sprach Ellen kaum. Sie konnte sprechen, wollte aber oft nicht. Das brachte sie häufig in Schwierigkeiten. Die Leute dachten, sie wäre mürrisch, hochnäsig oder unhöflich. Aber das stimmte nicht. Ellen hatte telepathische Fähigkeiten. Deswegen war ich auch die perfekte Katze für sie gewesen. Wir konnten unsere Gedanken austauschen.

Ellen liebte den Tanz. Sie machte Ballett, in rosa Satinschuhen mit langen Bändern. Sie tanzte überall: auf der Treppe, in der Küche, im Garten. Sie ging hinaus und tanzte barfuß über den Rasen, dass ihr langes honigblondes Haar nur so um sie herumflog. Manchmal hatte sie auch ein farbiges Band dabei, das sie im Sonnenschein schwenkte.

Ich tanzte gern mit ihr und sprang hoch in die Luft, um das farbige Band zu erhaschen. Manchmal trafen sich unsere Augen auf halbem Wege in der Luft, und Ellen lachte und juchzte vor Freude.

In jenem Leben gehörte ich ganz und gar Ellen. Ich folgte ihr die Straße hinab zur Schule. Nachmittags rannte ich ihr entgegen, wenn sie wieder zurückkam, mit bleichem Gesicht und schmerzerfüllten Augen.

Doch sobald sie mich erblickte, erwachte die wahre Ellen wieder zum Leben, und wir tanzten zusammen im Garten. Oder sie ließ mich auf dem Klavier sitzen, während sie mit ihren kleinen Händen die schwarzen und weißen Tasten drückte. Ich liebte die Musik, deren Vibrationen mein Fell erzittern ließen. Manchmal spielte Ellen etwas Trauriges. Mein Kinn ruhte auf dem Piano, ich beobachtete sie und teilte ihre Gefühle. Dann wieder spielte sie eine schnelle Melodie, die das ganze Haus und meinen Körper in Schwingungen versetzte.

Ich hörte die Musik in meinem Traum, ich tanzte auf dem Rasen mit Ellen. Der ganze Garten war voll tanzender Elfen. Bunte Bänder erfüllten die Luft. Wir sprühten vor Freude, die sich in Sterne verwandelte, in einer Wolke hochstieg und mit Krachen und Zischen zerplatzte. Menschen versammelten sich rund um uns herum. Sie suchten Heilung, Erlösung von ihrer Trauer und ihren Sorgen. Ellen und ich, ein wildes Kind und eine wilde Katze, konnten Trauer in Freude verwandeln.

In meinem Traum leuchtete Ellen Gesicht. Sie sah mich an und hielt mich fest. »Warte auf mich, Salomon. Warte, ich komme zurück und hole dich«, sagte sie.

Auf einmal veränderte sich die Musik. Ich wachte auf und hörte den trommelnden Regen. Der ganze Wald tropfte silbern, und das Wasser schoss den Weg hinunter.

Als der Regen aufhörte, brachte mir Jessica bei, wie man Mäuse fängt. Sie zu fangen, war für mich kein Problem. Eher, sie in dem Wäldchen voller nasser Blätter zu entdecken. Aber Jessica wusste genau, wo sie sich versteckten. Sie fing zwei und gab mir eine ab.

»Es hat keinen Sinn, nur zu üben, wie man sie fängt«, sagte sie. »Du musst aufpassen und riechen, wo sie leben.«

»Katzenfutter mit Kaninchenfleisch aus der Dose wäre mir lieber«, sagte ich.

»Igitt«, sagte sie. »Dosenzeug. Das hier ist das einzig Wahre.«

Vormittags gingen wir zum Wohnwagen, um nach dem Rechten zu sehen. Die Vorhänge des Schlafzimmers waren immer noch zugezogen. Alles schien ruhig. Pam stand draußen und sprach mit Nick. Sie hoben die tropfnassen Sachen auf, die Joe hinausgeworfen hatte, und steckten sie in einen schwarzen Sack.

Ich wollte zu Pam hinrennen. Sie würde mich knuddeln, mich loben und mir vielleicht sogar etwas zu fressen geben.

»Nein«, sagte Jessica. »Schau doch! Sie haben den Katzenkäfig herausgeholt.«

Pam zog ihn gerade unter dem Wohnwagen hervor.

»Ich kann sie ganz leicht fangen«, sagte sie. »Sie kennen mich.«

»Dann behalt du den Käfig, Pam«, sagte Nick. »Es ist ein bisschen verfrüht, jetzt schon die Katzen einzufangen. Warte lieber, bis Joe wach ist. Vielleicht will er sie ja behalten. Aber er muss weg. Das geht so nicht weiter.«

»Ellen hat die Katzen angebetet«, sagte Pam. »Aber wenn sie nicht zurückkommt oder keine Wohnung findet, wo Katzen erlaubt sind, müssen sie woanders unterkommen. Der Tierschutzverein wird ein neues Zuhause für sie finden.«

Das Wort kannte ich. Tierschutzverein.

Pam stand da und schwang den Katzenkäfig. Ich erinnerte mich, wie Joe uns beide da hineingestopft hatte. Jessica und ich sahen uns an. Wir mussten nichts sagen, es war klar, dass wir verschwinden mussten, hinaus aufs Land, wie zwei wilde Katzen.

Ich beobachtete Pam noch eine Minute. Sie war eine gute Freundin gewesen, und ich hätte gern richtig von ihr Abschied genommen. Ich sah, wie sie über den Rasen ging und langsam etwas aufhob, was Joe ebenfalls aus dem Wohnwagen geworfen hatte.

»Ellen hat es so gern gemocht! Eine Schande ist das.« Sie hielt das bernsteingoldene Samtkissen hoch. Es tropfte und glänzte vor Nässe. »Darum kümmere ich mich«, sagte Pam zu Nick. »Ich werde es waschen, trocknen und wieder in Ordnung bringen.«

Sie ging mit dem Katzenkäfig in der einen und dem Samtkissen in der anderen Hand weg. Ich wäre ihr nur zu gern nachgerannt. Wenn ich aber gewusst hätte, was noch alles passieren würde, wäre ich bestimmt in den Käfig gesprungen und hätte Jessica hinter mir hergezogen.

Jessica trabte zielstrebig durch das Wäldchen. Ihr Instinkt war gut, sie wartete nicht einfach ab. Ich folgte ihr neugierig über die hintere Hecke hinaus und über die Felder, immer weiter und weiter. Sie drehte sich nicht nach mir um. Nur ein einziges Mal hielt sie inne, um eine Kuh anzufauchen, die es gewagt hatte, sie zu beschnuppern. Am Ende eines Feldes kletterten wir über einen Mauertritt und hinein in den Wald.

Mein Engel wollte mit mir sprechen, aber ich beachtete ihn nicht. Er versuchte, mich davon abzuhalten, Jessica zu folgen, doch davon wollte ich nichts hören. Jessica brauchte mich, und ich brauchte sie.

Der Mauertritt war wie eine Brücke in eine fremde Welt. Grüne Pfade, moosige Bachläufe, Farnkraut. Alte Bäume stemmten ihre Wurzeln in Steinmauern, Senken und Löcher voller Blätter. Ich bemerkte kleine Gesichter, die uns beobachteten. Im Wald lebten Elfen und Zwerge.

Jessica war ganz offensichtlich schon einmal hier gewesen. Sie führte mich zu einer trockenen Höhle unter einer Buche, die mit Moos und raschelnden Buchenblättern ausgepolstert war: unser neues Zuhause. Es war okay, besser als der Dachsbau.

In der ersten Nacht konnte ich nicht schlafen. Jessica rollte sich zusammen und legte ihren Schwanz ordentlich um die rosa Pfötchen. Beim Blick auf ihr schlafendes Gesicht fühlte ich mich zum Wachhund berufen. Ich lauschte den Geräuschen des Waldes, dem Wind, der in den Baumkronen rauschte, dem vertrauten Rumoren der Dachse, dem schnellen Trab eines Fuchses, dem leisen Rascheln von Mäusen und Vögeln. Kein menschlicher Laut weit und breit.

Ich hatte noch nie in der Wildnis gelebt und fürchtete mich. Immer waren Menschen da gewesen, die mir halfen. Niemals zuvor hatte ich niemanden zum Liebhaben gehabt. Schon vierundzwanzig Stunden lang hatte ich nicht mehr geschnurrt. Mein Herz tat mir weh. Ich wollte zu Ellen und John. Aber das konnte ich Jessica nicht sagen.

Mit der Zeit gewöhnten wir uns an die Nässe und Kälte. Wenn wir Hunger hatten, mussten wir jagen. Wir teilten uns die Zeit ein: fressen, putzen, schlafen.

Manchmal hatten wir auch Spaß und jagten uns durch die Bäume. Jessica war auf einmal ganz anders als bei den Menschen.

»Was ist mit deinem Traum passiert, bei einer alten Dame zu wohnen?«, fragte ich sie.

»Oh, das hat noch Zeit«, sagte sie. »Mir gefällt es gerade so, wie es ist.«

»Mir aber nicht«, sagte ich. »Ich will mein Leben nicht so verbringen.«

»Aber das ist wie Ferien«, sagte Jessica. »Kannst du das nicht genießen?«

Ich dachte nach.

»Nein«, antwortete ich schließlich. »Ich fühle mich zornig und verlassen.«

»Du hast doch mich.« Jessica gab mir einen Kuss auf die Nase, und gleich ging es mir besser.

Der Morgen war still und sonnig. Wir wollten aus dem schattigen Wald heraus und uns die Sonne auf den Pelz brennen lassen. Doch anstatt in Richtung Campingplatz verließ Jessica den Wald auf der anderen Seite. Wir trotteten auf einem geteerten Weg zu einer Brücke, die eine stark befahrene Straße überspannte.

Die Straße verstörte mich. Wir kauerten uns ans Geländer und lugten durch die Gitterstäbe auf die Lastwagen und Autos hinunter, die unter uns vorbeidonnerten.

Mein siebter Sinn sprang auf einmal an. Ich wandte mich nach Norden und starrte auf die Straße, die in der Ferne verschwand. Die Straße nach Hause. Die Straße zurück zu dem wunderschönen Haus, in dem wir mit Ellen gelebt hatten.

Ich stand auf und steckte meinen Kopf durch das Geländer. Ob es wohl möglich war, auf das Dach eines fahrenden Lastwagens zu springen?

»Mach das bloß nicht«, sagte Jessica und führte mich entschlossen von der Brücke herunter. Sie drehte sich um und sah mich verschmitzt an. Ihre goldenen Augen funkelten – wie immer, wenn sie ein Geheimnis hatte.

Sie rannte den Weg hinauf und bog an einem Stoppelfeld ab. Das Licht wurde ungewohnt hell. Es lag ein Klang in der Luft, den ich noch nie gehört hatte. Wohin brachte Jessica mich?

Wir trabten über einen Hügel, der von stacheligen Grasbüscheln bedeckt war. Der Horizont leuchtete jetzt so blau, dass es mir vorkam, als würden wir direkt in den Himmel hineinlaufen. Ich folgte Jessica bis zu einer Kante. Da saßen wir dann und betrachteten voller Staunen die riesige türkisblaue Wasserfläche. Sie reichte bis zum dunkelblauen Horizont und war erfüllt vom Tosen der Wellen.

»Was ist das?«, fragte ich Jessica.

»Das Meer.«

Ich war überwältigt. Jetzt verstand ich, warum John immer so aufgeregt herumgesprungen war, wenn Ellen sagte, sie würden ans Meer fahren. Das Licht und der freie Raum versprühten pure Energie.

»Woher hast du das gewusst?«, fragte ich.

»In meinem letzten Leben war ich Schiffskatze«, sagte Jessica. »Das war schön! Das Schiff war wie ein riesiges schwimmendes Haus, und ich wohnte als einzige Katze dort. Einmal bin ich ins Wasser gefallen, und ein tapferer Matrose ist mir nachgesprungen und hat mich gerettet. Mir war ganz kalt, und mein Fell war total salzig. Danach haben sie mich aber sehr verwöhnt. Ich bin fett und faul geworden.«

»Und warum hast du mich heute hierher gebracht?«

Jessica blickte mich nachdenklich an. »Jede Katze sollte einmal in ihrem Leben das Meer sehen«, sagte sie. »Man muss einfach wissen, was für wunderbare Dinge es auf der Welt gibt.«

Ich betrachtete Jessica mit Hochachtung. Sie hatte mich als Belohnung hierher geführt, um mich von meinen Sorgen über den Verlust von Ellen abzulenken. Und es hatte mich tatsächlich abgelenkt. Mir ging es besser. Ich hatte neue Energie.

Als wir nach Hause trabten, über die Brücke und über die Felder, wurde ich aber wieder traurig.

Erst viel später erkannte ich, welch wundervolles letztes Geschenk Jessica mir mit diesem Ausflug ans Meer gemacht hatte.

10

Tagebuch einer verzweifelten Katze

Nach ein paar Wochen in der Wildnis wachte ich eines Nachts von schrecklichem Heulen und Kreischen ganz in der Nähe unseres Verstecks auf. Jessica war nicht in der Höhle. Manchmal verschwand sie früh morgens, um in der Dämmerung Mäuse zu jagen.

Ich kroch hinaus und lauschte. Über mir hingen die Sterne in den kahlen Ästen der Bäume und in den Zweigen, die aus einem Krähennest herausstanden. Es war still. Dann begann das Heulen und Schreien wieder, begleitet von den Kampfgeräuschen zweier Tiere.

Ich sah, wie Jessica ganz flachgestreckt auf mich zu rannte. Ihr schwarz-weißes Gesicht zeichnete sich deutlich zwischen den dunklen Bäumen ab. Sie kroch in unsere Höhle und brach zusammen. Sie hatte mit einer verwilderten Katze gekämpft und einen Genickbiss abbekommen. Jessica zitterte und atmete sehr schnell. Besorgt beschnupperte ich die Wunde in ihrem Nacken, die ich nicht berühren durfte.

Den ganzen Tag lag Jessica erschöpft in der Höhle, und ich musste allein losziehen, um Mäuse zu jagen. Ich brachte ihr eine mit, aber sie wollte nicht fressen. Sie wollte nur schlafen.

Ich untersuchte ihr Fell und befand, dass es ihr gar nicht gut ging. Sie war dünn, ihr Fell glanzlos. Auf dem Rücken hatte sie kahle Stellen. Ich sah allerdings auch nicht besser aus. Wir litten beide unter dem Leben im Freien bei kaltem, feuchtem Winterwetter. An manchen Tagen war das Wetter so schlecht, dass wir nichts zu fressen bekamen.

Jessica erholte sich nach ein paar Tagen wieder, aber sie

entfernte sich nie weit von der Höhle. Und sie fraß nicht viel. Ich blieb bei ihr, fühlte mich aber zunehmend hilflos.

Dann fiel mir auf, dass sie sich dauernd hinlegte. Ihre Augen hatten jeden Glanz verloren, und die Wunde in ihrem Nacken eiterte. Ich wusste, wir würden Hilfe brauchen. Sie musste zum Tierarzt und eine Antibiotikaspritze bekommen wie ich damals. Dafür brauchten wir ein Auto und einen besorgten Menschen. Joe wäre dabei keine große Hilfe. Er hatte kein Auto mehr, und Pam besaß nur ein Fahrrad. Ich dachte an Karenza, aber wie konnte ich Jessica dorthin bringen?

Was würde Ellen zu dem ganzen Schlamassel sagen?

Ich war wütend und verzweifelt.

Mein Engel hatte versucht, mir zu sagen, dass ich Jessica gehen lassen sollte. Hatte er das damit gemeint? Dass ich meiner besten Freundin im kalten Dunkel des Waldes beim Sterben zusehen musste? Jessica war nicht nur meine beste Freundin, ich liebte sie. Wir hatten drei wunderbare Katzenkinder zusammen gehabt. Und sie war alles, was ich hatte.

Ich legte mich neben sie und leckte ihr sanft über das Gesicht.

»Glaubst du, du könntest es zurück zum Campingplatz schaffen?«, fragte ich.

Jessica sah mich mit halb geschlossenen Augen an.

»Nein«, sagte sie. »Bleib einfach neben mir liegen und halte mich warm.«

Ein eisiger Wind fuhr durch den Wald. Mit meiner Pfote tappte ich auf Jessica. Sie fühlte sich ganz schlaff an, ihr Schwanz lag leblos auf dem Boden. Ich putzte ihre rosa Pfötchen für sie, leckte den ganzen getrockneten Schlamm ab.

Sie wollte nach draußen, auf ihren Lieblingsplatz unter der Eiche. Sie war wacklig auf den Beinen, schaffte es aber bis dorthin. Ich setzte mich neben sie und versuchte, ihr mit meinem Körper Schutz vor dem schneidenden Wind zu bieten. Dazu plusterte ich mich dick auf.

Es war schon Nachmittag und wurde schnell dunkel. Jessica war sehr schwach, ihr Atem ging schnell und flach, aber sie konnte mir noch etwas sagen.

»Du musst mich gehen lassen, Salomon. Geh zurück und warte auf Ellen.«

»Woher weißt du das?«, fragte ich.

»Dein Engel hat es mir verraten.«

Ich war bitter enttäuscht. Die ganze Zeit hatte ich versucht, meinen Engel zu ignorieren. Ich wollte Jessica danken: für den vielen Spaß, für unsere wunderschönen Kätzchen, für den Anblick des Meeres. Ich werde dich nie vergessen, Jessica. Das wollte ich ihr noch sagen. Doch es war zu spät, Jessica war tot. Sie sah mit einem Mal unglaublich friedlich aus und hatte eine Art Lächeln im Gesicht.

Ich blieb ganz ruhig sitzen und beobachtete, wie das Licht wie ein goldener Nebel aus ihrem Körper wich. Dann sah ich Lichter durch den Wald auf mich zukommen, golden und grün, knapp über dem Boden. Die Lichter sammelten sich um die friedliche kleine Katze. Ich zog mich respektvoll zurück und beobachtete, wie die winzigen Wesen einen Kreis formten. Die Lichtstrahlen überkreuzten sich und bildeten ein kuppelförmiges Gitter, das ich sofort erkannte – das goldene Netz.

Ich war bei meiner Geburt hindurchgegangen, und jetzt erhob sich Jessicas gelbes Licht, durchdrang das funkelnde Netz und ließ den Körper zurück wie einen alten Mantel. Ich beobachtete, wie das Licht durch die Bäume in den Himmel verschwand.

Schweren Herzens machte ich mich daran, ihren Körper mit Blättern zu bedecken. Ich schob sie mit meinen Krallen zusammen und häufte sie auf, so gut es ging.

Meine Trauer über Jessicas Verlust war grenzenlos. Ich musste etwas Aufmunterndes unternehmen, bevor es ganz dunkel wurde. Ich würde losrennen, immer weiter und weiter, bis zu der alten Dachshöhle.

Ich war viel zu aufgeregt, um mir zu überlegen, wie ich dorthin kommen sollte. Ich rannte durch die Nacht, dicht über dem Boden, mit gesenktem Schwanz. Ich spürte Dachse, Kaninchen und sogar eine Eule in meiner Nähe, aber sie waren mir egal. Ohne auf Regen und Wind zu achten, die mein Fell zerzausten, rannte ich immer weiter, bis ich zu der hohen Brücke über die große Straße kam.

Wie hypnotisiert von den Lichtern der Scheinwerfer kauerte ich mich hin und steckte den Kopf durch das Geländer. Wenn einer der Lastwagen ein bisschen langsamer fahren würde, hätte ich eine Chance. Jessicas Worte fielen mir wieder ein. »Mach das bloß nicht«, hatte sie gesagt und mich zum schimmernden Meer gebracht. »Man muss einfach wissen, was für wunderbare Dinge es auf der Welt gibt«, hatte sie gesagt.

Ich dachte nach. Selbst wenn ich es schaffte, mit einem spektakulären Satz auf das Dach eines fahrenden Lastwagens zu springen, müsste ich mich dort Hunderte von Meilen festhalten. Und es regnete. Vielleicht würde ich hinunterfallen und überfahren werden!

Mir gingen Gedanken durch den Kopf. Ich dachte an die vielen guten Dinge, die ich getan hatte. Ich war freundlich zu dem kleinen John gewesen. Ich hatte Ellen im Krankenhaus besucht. Ich hatte mit Jessica Pinguin gespielt.

Die Zeiten waren hart, aber ich wollte nicht sterben. Ich wollte meine Aufgabe zu Ende bringen. Und meine Aufgabe war es, Ellen mit meiner Liebe zu unterstützen. Ich rannte an der Teerstraße entlang zurück, musste aber bald erkennen, dass ich erschöpft und völlig durchnässt war. Meine Pfoten waren wund gelaufen. Am Rand eines Feldes stand eine alte Holzhütte. Ich kroch darunter und schlief viele Stunden zusammengerollt in einer trockenen Erdmulde.

Als ich am Morgen wieder herauskam, lag eine dünne Schneeschicht über den Feldern. Das machte die Mäusejagd schwierig. Ich war sehr hungrig, fand aber nichts zu fressen.

Mit letzter Kraft schleppte ich mich wieder in den Wald, konnte mich dann aber nicht mehr an den richtigen Weg erinnern. Ich folgte verschlungenen Wildwechseln zwischen den Bäumen hindurch, bis ich endlich zu meinem Entsetzen feststellen musste, dass ich den ganzen Tag im Kreis gelaufen war.

Nach der zweiten Nacht unter der Holzhütte fand ich immer noch nichts zu fressen. Ich war völlig verzweifelt und vermisste Jessica sehr. Zusammen konnten wir überleben, weil wir uns gegenseitig unterstützt hatten. Allein fühlte ich mich ohne Chance.

Kurz vor der Morgendämmerung hörte ich, wie sich eine zweite Kreatur unter die Hütte zwängte. Ich setzte mich auf. Zum Kämpfen hatte ich keine Kraft mehr. Im fahlen Rosa des Sonnenaufgangs erkannte ich einen Dachs. Zu meiner Überraschung kam er direkt auf mich zu und sah mich aus seinen klugen alten Augen an.

Ich hatte meine guten Manieren nicht vergessen, also reckte ich meinen Kopf vor zu einem Nasenstüber. Ich roch, dass es der alte Dachs aus dem Wäldchen am Campingplatz war. Ich hatte mich sehr darum bemüht, mich mit den Dachsen anzufreunden, und jetzt, in der Stunde höchster Not, kam mein alter Kumpel heraus in den Schnee, um mir zu helfen.

Er drehte sich noch einmal um, um sicherzugehen, dass ich ihm folgte. Dann ging er langsam los. Der Schnee knirschte unter unseren Pfoten. Er war gekommen, um mir den Weg nach Hause zu zeigen. Obwohl Dachse normalerweise nichts mit Katzen am Hut haben, half mir der alte Graubart.

Ellen las viel, als sie klein war, und erzählte mir immer ihre Lieblingsgeschichten. Eines Tages zeigte sie mir ein Buch mit den Namen *Das Tagebuch der Anne Frank.* Es handelte von einem Mädchen, das sich während des Kriegs verstecken musste. Sie war, wie auch ich, in einer verzweifelten Situation, schrieb aber jeden Tag in ihr Tagebuch. Das half ihr. Und

Jahre später half es den Menschen, zu verstehen, wie es ihr ergangen war und was sie durchgemacht hatte.

Ich erinnerte mich an das Buch und an das Mädchen auf dem Umschlag. Und dann dachte ich: Wenn ich schreiben könnte, würde ich ab heute auch ein Tagebuch führen, und es würde sich ungefähr so lesen.

20. Dezember
Ich bin ganz allein und schlafe immer noch in der Dachshöhle. Weil es so kalt ist, bleibe ich meist den ganzen Tag drinnen. Heute schneit es, die Flocken treiben über das Land. Die Schneehaufen vor der Höhle werden immer höher. Zum Abendessen gab es eine kleine Maus, die ich mir aufgehoben hatte. Wenn ich Durst habe, lecke ich ein bisschen am Schnee.

21. Dezember
In der Nacht kommt ein Fuchs vorbei und steckt seine spitze Schnauze in mein Versteck. Schneekristalle glitzern im Mondlicht auf seinen Barthaaren, und seine Augen funkeln mich an. Ich bin zu schwach zum Kämpfen, aber der Gedanke an Jessicas Auseinandersetzung mit Paisley gibt mir Kraft. Ich plustere mich auf, lege die Ohren an und heule ganz fürchterlich. Der Geruch des Fuchses sticht mir in die Nase, und ich schlage ihm meine Krallen ins Gesicht. Er zieht sich zurück. Doch an Schlaf ist nicht mehr zu denken. Die ganze Nacht warte ich voller Angst auf seine Rückkehr.

22. Dezember
Ich bin sehr, sehr einsam. Ich will zu Ellen. Ich will zu Jessica. Ich will auf dem bernsteingoldenen Samtkissen sitzen. Ich muss die traurigste und eisigste Katze der Welt sein.

23. Dezember
Der Schnee schmilzt. Am Mittag scheint sogar die Sonne für eine Stunde. Ich gehe raus, suche Futter und finde eine

Brotkruste, die ein Vogel hat fallen lassen. Sie ist verschimmelt, aber ich genieße jeden einzelnen Krümel. Ich gehe zum Wohnwagen, aber der ist immer noch verschlossen. Die Katzenklappe ist mit Paketband zugeklebt. Unter dem Wohnwagen entdecke ich eine sehr alte tote Maus, die Jessica dort versteckt hat. Zu erschöpft zum Fressen, trage ich sie in die Dachshöhle. Wenn sich nichts Besseres bietet, wird das mein Frühstück werden.

24. Dezember
Draußen scheint der Mond. Ich höre Musik und viele Schritte, die den Weg herunterkommen. Als ich nach draußen sehe, entdecke ich eine helle Laterne, die über der Hecke auf und ab hüpft. Die Musik wird lauter. Ich richte mich auf, das Lied kenne ich. *Stille Nacht, Heilige Nacht.* Ellen hat das immer gesungen. Vielleicht ist Weihnachten. Ach, wie habe ich Weihnachten geliebt! Ich habe mal eine Spielmaus geschenkt bekommen und einen Ball mit einer kleinen Glocke. Jessica auch, und wir haben stundenlang gespielt. Dann hat Jessica das ganze Geschenkpapier zerfetzt und unter das Sofa geschleppt … Danach wollte ich eigentlich schlafen, aber die Kirchenglocken haben geläutet.

25. Dezember
Ja, es muss Weihnachten sein. Ich weiß es, weil ich die Glocken läuten höre und die Lieder, die gesungen werden. Und im ganzen Dorf riecht es nach Bratkartoffeln. Ich habe immer einen Teller klein geschnittenes Truthahnfleisch mit Soße bekommen. Das ist die schlimmste Woche meines Lebens. Keine Katze sollte den Weihnachtstag allein verbringen müssen. Ich werde zornig. Wo ist mein Engel?

26. Dezember
Ich bin so hungrig, dass es wehtut. Lustlos und schwach, schaffe ich es gerade noch, mich zu putzen. Das macht aber

keinen Spaß, weil mir die Haare ausfallen. Sie sind überall in meiner Höhle. Ich habe kahle Stellen am Rücken und am Schwanz. Heute ist das Wetter ruhig, und ich könnte rausgehen, aber ich habe keine Lust. Lieber bleibe ich hier und sterbe.

27. Dezember

Wo bleibt bloß dieser Engel? Ich schließe die Augen, schnurre ein bisschen und denke ganz fest an ihn. Wie sah er überhaupt aus? Ich stelle mir das helle Strahlen vor, das Kitzeln des Sternenstaubs auf meinem Fell und seine Stimme. Und auf einmal ist er da. Er ist die ganze Zeit da gewesen, ich habe nur meine übersinnlichen Fähigkeiten nicht richtig genutzt.

»Bitte hilf mir«, sage ich. »Ich sterbe, und ich bin doch noch so jung.«

Schweigen. Mein Engel schickt mir neue Energie und Liebe. Aber das hilft meinem bedauernswert kalten und ausgemergelten Körper nicht. Und es hilft auch nicht gegen meine sorgenvollen Gedanken.

Dann antwortet er, aber nicht so, wie ich es erwartet habe.

»Du musst dir selbst helfen, Salomon.«

Das ist alles. Ich liege da, bin wütend und versuche, die Information zu verdauen. Mir selbst helfen, na großartig! Aber ich bin ein kluger Kater, und vielleicht habe ich ja doch noch eine Idee. Nichts Aufwendiges, aber irgendwas werde ich doch machen können. Auf jeden Fall ist jetzt Schluss mit dem Selbstmitleid und dem Tagebuch. Ich werde so lange miauen, wie ich kann und muss.

11

Wenn Katzen weinen könnten

Meine ersten Maunzer waren ziemlich bescheiden, aber als ich mit der Zeit in Fahrt kam, wurden sie richtig laut. Ich versuchte, mehr zu weinen als zu jaulen. Mein Weinen hallte durch die Winterlandschaft, hin zu den Wohnwagen, Häusern und Straßen. Ab und zu hielt ich inne, um zu lauschen.

Schritte. Weit weg ging jemand den Weg herunter, kam näher, blieb stehen. Blieb stehen, um zu lauschen. Ich miaute, so laut ich nur konnte; die Hoffnung gab mir Auftrieb. Dann hörte ich schweres Atmen und das Stapfen von Schritten im Wäldchen. Jemand war über die Mauer geklettert und hatte sich durch das Brombeergebüsch gezwängt.

Ich miaute schneller, um diesen Jemand in seinem Tun zu bestärken.

»Wo bist du?«, rief eine Stimme. »Miez, miez, miez?«

Miau. Miau.

»Bist du auf einem Baum? In einer Höhle? Wo bist du? Zeig es mir. Ich bin nicht für nichts und wieder nichts über diese Hecke geklettert, weißt du.«

Die Stimme kannte ich: Karenza. Ihre schwarzen Stiefel stapften durch das Wäldchen. Auf einmal blieb sie stehen und sah sich nach mir um. Ich erhob mich mit wackeligen Beinen und dachte gerade noch daran, meinen Schwanz hoch zu heben.

»Ach, du armes, armes Kätzchen«, stieß sie bei meinem Anblick hervor. Sie kam vorsichtig näher. »Darf ich dich hochheben?«

Klar durfte sie! Es fühlte sich himmlisch an, wieder von

zwei Armen gegen einen warmen Mantel gedrückt zu werden und einen Herzschlag zu spüren. Ich schnurrte und schnurrte und wollte gar nicht wieder damit aufhören.

In Karenzas Haus brannte ein helles Feuer. Sie setzte mich auf einem weichen Teppich direkt daneben ab. Ich saugte die Wärme förmlich in mich auf. Einfach nur himmlisch! Karenza schien klar zu sein, dass ich im Augenblick nicht mit den anderen Katzen zurechtkommen würde. Sie scheuchte sie in die Küche und schloss die Tür. Dann brachte sie mir einen Teller voll Katzenfutter mit Kaninchen.

»Dein Appetit ist in Ordnung«, sagte sie, während ich reinhaute. Danach war ich zu müde, um mich noch zu putzen. Ich streckte mich in der Wärme und Sicherheit des Feuers aus, um zu schlafen. Bevor ich wegdämmerte, hörte ich noch, wie Karenza telefonierte.

»Ich habe Salomon gefunden«, sagte sie. Am anderen Ende der Leitung gab es einen freudigen Aufschrei. »Er ist hier bei mir und in Sicherheit. Ich kümmere mich um ihn, bis du kommen kannst.«

Mein Schlaf war tief und glückselig. Einmal wachte ich nachts auf und war überrascht, dass mich Karenza in ein rundes weiches Katzenbett gelegt und mich mit in ihr Schlafzimmer genommen hatte. Sie war noch wach und hatte ihre Hand auf meinen Rücken gelegt. Ich war so dünn, dass ihre Finger beim Streicheln direkt auf meinen Knochen entlangzugleiten schienen. Sie sprach sanft mit mir. Sterne rieselten aus ihrer Hand. Heilende Sterne. Ich begann zu schnurren. Das rhythmische Schnurren und die Sterne vereinten sich im Dunkel der Nacht.

Karenza war eine Katzenheilerin. Sie lebte allein in ihrem Häuschen. Ihre ganze Liebe galt ihren Katzen. Ich war so glücklich, dass ich mich für meine Wut schämte – und für die Art, wie ich meinen Engel behandelt hatte. Aber der Schmerz des Verlusts von Ellen und dann auch von Jessica war einfach überwältigend gewesen. Ich schauderte, und sofort war

Karenza da, streichelte und besänftigte mich und sagte, ich solle weiterschlafen.

Am Morgen tauchte die Tierärztin Abby auf, um mich zu untersuchen. »Er kommt wieder in Ordnung«, sagte sie, nachdem sie mir eine Menge Spritzen verpasst und Karenza erklärt hatte, wogegen sie gut waren. »Etwas gegen Würmer, Flöhe, Räude, Katzengrippe und zum Schluss noch ein Schuss Vitamine. Halte ihn warm und getrennt von den anderen Katzen, bis er kräftiger ist. Gib ihm wenig und dafür häufiger zu fressen.«

»Er bekommt jede Menge Streicheleinheiten«, sagte Karenza. »Und heute Nachmittag erwartet ihn eine Überraschung.«

Eine Überraschung? Ich dachte an eine Spielmaus, aber zum Spielen hatte ich noch gar keine Kraft. Ich wollte nur schlafen.

Karenza stellte mein neues weiches Bettchen neben das Feuer. Dort lag ich nun also und starrte in die goldenen Flammen. Ich suchte mir eine mit einem saphirblauen und orangefarbenen Rand aus, mit viel heißem Weiß in der Mitte. Durch diese Mitte ging ich ins Land des Lichts und traf Jessica, die sich die rosa Pfoten leckte. Sie sah wunderschön aus, einfach vollkommen, schien aber so weit weg, dass ich sie nicht erreichen konnte.

Mein Engel kam. »Du musst an Körper und Seele gesund werden, Salomon. Das wird ziemlich lange dauern, also hab Geduld. Leg dich wieder schlafen.«

Das machte ich dann auch und fühlte mich wie die wärmste Katze der Welt.

Am späten Nachmittag fiel die Wintersonne in goldenen Strahlen durch die Fenster. Ich hörte, wie draußen ein Auto vorfuhr. Dann hörte ich Schritte auf dem Weg.

»Pass auf, wer da kommt, Salomon.« Karenza zwinkerte mir zu, als sie an mir vorbeiging, um die Tür aufzumachen.

Sie öffnete sie, und da stand meine Ellen.

Wenn Katzen weinen könnten, hätte ich wohl vor Freude geweint. Ich erhob mich von meinem weichen Lager. Meine Beine fühlten sich schon stärker an. Mein Schwanz schoss von ganz allein in die Höhe, und ich sauste los, um Ellen zu begrüßen.

»Salomon«, hauchte sie und hob mich hoch. Ich leckte ihr die Tränen von den Wangen und schnurrte. »Mein liebes, liebes Katerchen. Du bist ja so dünn! Was hast du denn gemacht?«

Ich wollte es ihr so gern erzählen, aber selbst wenn ich hätte sprechen können, wäre es nicht gegangen. Es wäre zu schmerzhaft gewesen, von Jessicas Tod im kalten Wald zu berichten, vom alten Dachs, der mich nach Hause gebracht hatte, und vom *Tagebuch einer verzweifelten Katze.*

»Schau dir bloß sein Fell an«, sagte Ellen und streichelte mich.

»Die Tierärztin hat gesagt, das wächst wieder. Sie war vormittags da und hat ihm ein paar Spritzen gegeben. Sie meint, er kommt wieder völlig in Ordnung.«

»Vielen Dank, Karenza.«

Ellen umarmte Karenza mit einem Arm. Sie saß mit mir auf dem Schoß neben dem Feuer. Ich bemerkte, dass sie besser aussah. Ihre Wangen hatten Farbe, und sie trug einen sehr schönen, glänzenden Schal.

»Ich habe John bei Pam gelassen«, sagte sie. »Sie kommt später mit ihm vorbei.«

»Wie ist es euch in der Zwischenzeit ergangen?«, fragte Karenza.

»Ich bin mit John in eine billige Pension gezogen«, erklärte Ellen. »John findet es schrecklich dort. Aber ich war gerade bei Nick. Er sagte, wir können den Wohnwagen zurückhaben. Joe ist vor drei Wochen zu seinem Vater gezogen.«

»Wegen der Trinkerei?«, fragte Karenza.

»Ja. Sein Vater will, dass er eine Entziehungskur macht«, sagte Ellen. »Ich werde nicht zu ihm zurückgehen, Karenza, niemals. Selbstverständlich darf er John besuchen. Aber mir geht es ohne ihn besser, sogar in einer Pension.«

Karenza grinste sie an. »Katzen sind Männern in jedem Fall vorzuziehen«, sagte sie. »Das weiß ich schon lange. Wann kommt ihr wieder zurück?«

»Nächstes Wochenende«, sagte Ellen. »Nick ist so nett und macht ein paar Reparaturen am Wohnwagen. Er stellt auch einen kleinen Holzofen hinein, sodass wir es gemütlich haben werden.«

»Gut, dann kümmere ich mich so lange um Salomon, bis du so weit bist.« Karenza rieb mir den Kopf. »Ist das in Ordnung, Salomon?«

»Er versteht alles«, sagte Ellen. »Ich wünschte nur, er könnte uns erzählen, was mit Jessica passiert ist.«

Ich setzte mich hin und miaute so traurig, wie ich nur konnte. Heraus kam ein klägliches Wimmern. Ellen und Karenza blickten sich an. Ellen legte ihre Arme um mich und sah mir in die Augen.

»Ist Jessica gestorben, Salomon?«, flüsterte sie. Ich miaute noch trauriger und vergrub meinen Kopf in ihrem Schal, weil ich die Trauer nicht ertrug.

»Er trauert«, sagte Karenza. »Das erkenne ich sofort. Er braucht jetzt viel Zeit und Liebe. Ich habe ihn letzte Nacht mit ins Bett genommen, und das werde ich noch mal machen.«

»Du bist ein Engel. Wie kann ich dir je dafür danken?«

Dann kamen John und Pam. Und es wurde wieder geweint. Ich war so glücklich, als Johns kleine Hände mich streichelten!

»Armer Salomon«, sagte er dauernd. »Ich habe dich so vermisst.«

Pam hatte eine große Plastiktüte dabei, die sie Ellen gab. »Ich habe ein Geschenk für dich.«

»Oh, Pam!« Ellen griff in die Tüte und zog das bernsteingoldene Samtkissen hervor.

»Das habe ich gerettet, nachdem er es aus dem Wohnwagen geworfen hatte«, erklärte Pam stolz. »Ich habe es gewaschen, getrocknet und dafür gesorgt, dass es gut riecht.«

»Wow!« Ellen begrub ihr Gesicht im Samt. »Lavendel! Danke, Pam, du bist ein Engel.«

Noch ein Engel, dachte ich. Pam und Karenza. Zwei Engel auf Erden. Wenn ich ein Mensch wäre, würde ich den beiden je einen Strauß Rosen überreichen.

Ich war ziemlich nervös, als wir wieder in den Wohnwagen umzogen. Die Erinnerung an Joes Wutausbrüche würde dort noch in den Wänden stecken, genauso wie die Feuchtigkeit von der Wäsche. Außerdem rüttelte der Wind sicher noch genauso an dem Wagen.

Nach einer Woche in Karenzas liebevollen Händen ging es mir besser. Mein Fell wuchs, ich nahm zu und stand wieder sicher auf meinen vier Pfoten. Meist trug ich meinen Schwanz hoch erhoben. Als es dann so weit war, trug mich Karenza in ihrem Mantel den ganzen Weg den Hügel hinauf. Ich wusste, dass meine Augen glänzten, und sah mich neugierig um. Hoch in den Bäumen sang ein Vogel. Neben dem Weg blühten Schneeglöckchen und Narzissen.

John war in der Schule, aber Ellen war da, um mich in Empfang zu nehmen. Sie hatte mir einen neuen Korb gekauft und weich ausgepolstert. Und da stand schon eine neue Schüssel mit Futter für mich.

Der Wohnwagen sah ganz anders aus und roch wie neu. Das Beste war aber der neue Ofen mit dem prasselnden Feuer. Es war wirklich warm drinnen. Und friedlich.

Ich sah mir alles ganz genau an. Johns Schlafzimmer, wo ich die zwei Teddys mit einem Nasenstüber begrüßte. Ellens Zimmer mit den Hausschuhen unter dem Bett. Jessicas Schrankversteck unter der Sitzbank. Es war geputzt und mit Kisten gefüllt worden, aber in der Ecke lag noch Jessicas Spielmaus, die ich mit in meinen Korb nahm. Dann ließ ich mich dort nieder und versuchte, mir vorzustellen, was für ein Leben wir nun ohne Joe führen würden.

»Es wird Frieden herrschen«, hatte mein Engel gesagt.

Er hatte recht gehabt. Ellen, John und ich lebten friedlich zusammen. Der Wohnwagen war zwar kein richtiges Haus, aber er war ein guter Rückzugsort, ganz ohne Gebrüll und Streit.

Ellen sprach ganz ruhig mit John und mir. An verregneten Nachmittagen lagen wir drei zusammen vor dem Ofen, und Ellen las John eine Geschichte vor oder spielte ein Spiel mit ihm. Wir waren glücklich.

Ich hatte etwas mit John gemeinsam: Wir trauerten beide. Ich um Jessica und er um seinen Vater. Am Anfang weinte John oft, und ich war froh, wenn ich ihn trösten konnte. Ich legte mich auf seine Brust, mein Kinn auf seinem Herzen, machte mich lang und schnurrte.

»Du bist eine richtige Heilerkatze«, sagte Ellen einmal zu mir. »Aber ich weiß, dass dir Jessica fehlt. Das stimmt doch, oder? Du spielst nicht so wie früher.«

Das stimmte wirklich. Mir war irgendwie gar nicht nach Spielen zumute. Jessica hatte eine leere Stelle in meinem Leben hinterlassen, und ich musste dauernd an sie denken. Ellen hatte ein Foto von Jessicas spitzbübischem Gesicht an die Wand in der Nähe von meinem Korb gehängt. Ich saß oft davor und sah es an. Ich liebte sie immer noch und hielt die Erinnerung an sie lebendig, indem ich mich an den Spaß erinnerte, den wir zusammen gehabt hatten, und an alles, was sie mir beigebracht hatte.

Katzen können nicht gut die Zeit abschätzen, deswegen weiß ich nicht genau, wie lange wir so friedlich im Wohnwagen gewohnt haben. Der Sommer flog vorbei, und ich hatte wieder ein glänzendes Fell. Der Herbst ging vorüber, und es wurde Winter.

John wuchs heran. Ich wusste, dass Ellen ihn alle zwei Wochen zu seinem Vater brachte. Wenn sie zurückkamen, waren die beiden meist genervt und ärgerlich. Aber Joe kam nie zum Wohnwagen, wofür ich sehr dankbar war.

Eines hellen Wintermorgens änderte sich dann wieder alles.

Ich saß auf dem Stufen vor dem Wohnwagen in der Sonne und leckte meine Pfoten. Auf einmal tauchte in einem Schwall von weißem Licht mein Engel auf. Normalerweise hatte ich Schwierigkeiten, ihn deutlich zu sehen, aber diesmal war er gut zu sehen. Er stand ganz klar und sternenfunkelnd vor mir.

»Sei auf der Hut, Salomon. Eine wichtige Person wird hierherkommen. Bleib ganz nah bei Ellen und setz all deine Kräfte ein.«

»Wer kommt denn?«, wollte ich wissen. Und in demselben Augenblick bog ein glänzend schwarzer Wagen auf den Weg zu unserem Stellplatz ab. Mein Engel verschwand in einem Lichtstrahl. Ich setzte mich aufrecht hin und versuchte, durch steife Schnurrhaare und gesträubtes Fell wichtig zu wirken.

Der Wagen fuhr vorsichtig bis zum Wohnwagen und hielt an. Der Gerichtsvollzieher, dachte ich. Nicht schon wieder!

Ein schöner Mann stieg aus dem Auto und betrachtete den Wohnwagen. Ich fand ihn schön wegen seiner Aura, die groß, leuchtend türkis und weiß war. Der Mann erinnerte mich an das Meer. Er hatte interessante blaue Augen, die aufleuchteten, als er mich Wache sitzen sah.

Er sagte aber nicht: »Hallo, Miezekatze«, wie die meisten Menschen. Nein, er kam langsam auf mich zu und streckte vorsichtig seine fleischige Hand aus, um mich zu streicheln. Und vorher fragte er mich um Erlaubnis. Seine Stimme war tief, grollend und gefiel mir.

»Darf ich dich streicheln? Du bist aber ein hübscher Kerl.«

Ich produzierte für ihn ein Mittelding zwischen Maunzer und Schnurren und richtete mich auf, um ihm zu zeigen, dass er mich berühren sollte. Sein Streicheln war ruhig und liebevoll. Es dauerte ein paar Minuten, bevor er endlich an die

Wohnwagentür klopfte. Danach trat er einen Schritt zurück und wartete respektvoll, dass Ellen aufmachte.

Sie wirkte überrascht und auch ein bisschen ängstlich, als sie die Hand an einem Geschirrtuch abwischte, das Pam ihr geschenkt hatte.

»Entschuldigen Sie bitte, ich bin gerade beim Backen«, sagte sie.

Der Mann sagte erst einmal nichts. Ich sah, dass er Ellens goldenes Haar betrachtete, das in der Wintersonne glänzte.

»Ich bin Isaac Mead«, sagte er dann. »Ich bin Mitglied des Schulbeirats an Johns Schule.«

Ellen schüttelte ihm die Hand und schien sich unbehaglich zu fühlen.

»Oje«, sagte sie. »Hat John was angestellt?«

»Nein, überhaupt nicht. Ich bin wegen etwas gekommen, das John erzählt hat.«

»Kommen Sie doch bitte herein.«

Sie geleitete Isaac in die winzige Küche, die nach warmem Kuchen roch. Er setzte sich neben den Holzofen.

»Hat diese wunderbare Katze auch einen Namen?«, fragte er.

»Salomon. Weil er so klug ist«, sagte Ellen. Ich kroch auf ihren Schoß, weil ich sie beschützen wollte, und sah in Isaacs dunkelblaue Augen. Er hatte einen Bart, der schon ein bisschen grau wurde, und trug einen Dufflecoat mit Knebelknöpfen. Mit denen hätte ich gern gespielt. Aber ich riss mich zusammen.

»Also, worum geht es?« Ellen blickte immer noch misstrauisch. »Bringen Sie schlechte Nachrichten?«

»Nein, meine Liebe, nein. Sehen Sie, die Schule ist in einer verzwickten Lage. Das Weihnachtskonzert findet bald statt, und jetzt hat die Pianistin einen Herzinfarkt erlitten. Sie fällt ziemlich lange aus. Als wir das den Kindern gesagt haben, waren sie sehr enttäuscht. Dann hat John sich gemeldet und uns gesagt, dass seine Mami sehr gut klavierspielen kann.«

»Wow«, sagte Ellen. Sie war ganz rot im Gesicht. »Dass er sich daran noch erinnern kann. Er war noch so klein, als wir …« Sie zögerte. Isaac sah sie nur ganz freundlich an und wartete ab. »Sie haben unser Haus gepfändet, wissen Sie, mitsamt allen Möbeln und meinem Klavier. Ich habe seit Jahren nicht mehr gespielt.«

»Würden Sie das den Kindern zuliebe denn in Erwägung ziehen?«, fragte Isaac.

Ellen war nicht in der Lage zu antworten. Als Kind hatte sie sich immer geweigert, wenn ihre Mutter von ihr verlangt hatte, dass sie etwas vorspielte.

Lange Zeit sagte keiner von beiden etwas. Mein Engel hatte gesagt, Ellen würde die Musik vermissen, die ihre Seele nährte. Ich wusste, dass Ellen Ja sagen musste. Doch sie tat es einfach nicht. Also antwortete ich an ihrer Stelle.

Ich sah Isaac an und miaute laut und zustimmend. Dann tätschelte ich Ellens Gesicht mit meiner Pfote und miaute sie ebenfalls an. Das machte ich so lange, bis sie lächelte und sagte: »Okay, ich will es versuchen.« Da schubberte ich meinen Kopf an ihrem und schnurrte.

»Vielleicht bringen Sie auch Salomon mit.« Isaac lächelte.

»Das könnte ich machen. Er kann sich ziemlich gut benehmen – und er mag Musik«, erklärte Ellen. »Vielleicht ist er gut für mein Selbstvertrauen. Er saß früher immer auf dem Klavier, wenn ich gespielt habe. Mozart liebte er.«

»Den Kindern würde das jedenfalls gefallen«, sagte Isaac. »Und John wäre richtig stolz auf Sie.«

»Ich muss aber üben. Und hier ist kein Platz für ein Klavier, selbst wenn ich mir eins leisten könnte. Ich bin alleinerziehend.«

Isaac sah sie ruhig an und neigte den Kopf ein wenig. Seine Augen wanderten durch den Wohnwagen. Sie sahen Jessicas Foto, eine Schale Orangen, ordentliche Bücherstapel, eine Legokiste, gemütliche Teppiche und Kissen.

»Sie haben ein hübsches kleines Zuhause«, sagte er ziemlich wehmütig. Seine Augen wanderten wieder zurück zu Ellen.

Auf einmal musste ich daran denken, wie ich Jessica zum ersten Mal getroffen hatte. Ich hatte mich auf Anhieb in ihre buttterblumengelben Augen verliebt. Und diese Liebe war geblieben. Für immer.

Isaac war ruhig und zuvorkommend. Ich hatte sein Geheimnis erkannt, bevor es ihm selbst bewusst wurde.

Isaac hatte sich in Ellen verliebt.

12

Ein Weihnachtswunder mit Folgen

Am Abend des Weihnachtskonzerts war ich die stolzeste Katze der Welt.

Nachdem ich wochenlang bewiesen hatte, wie gut ich mich in einem Zimmer voller Kinder benehmen konnte, durfte ich tatsächlich mitkommen. Pam sollte auf mich aufpassen. Sie saß in ihrem guten roten Mantel bequem in der ersten Reihe, ganz in der Nähe des Klaviers. Die Kinder waren an mich gewöhnt, wisperten aber aufgeregt, als Pam mich oben auf das Klavier setzte. Ich richtete mich auf und sah mich um.

»Bitte heißen Sie die Pianistin des heutigen Abends herzlich willkommen: Ellen King«, sagte der Direktor, und alle klatschten.

Ich platzte fast vor Stolz auf Ellen. Sie rauschte in ihrem schwarzen Samtmantel herein, ihr goldenes Haar schwang sanft auf ihrem Rücken hin und her. Sofort legte ich mich hin und sah ihr in die Augen, als sie sich ans Klavier setzte.

Sie begann hingebungsvoll Weihnachtslieder zu spielen. Alle hörten zu. Ellen sah mich an, und ich wusste, dass ich ihr half. Keiner außer mir wusste, wie nervös sie gewesen war. Die Musik half ihr auch. Sobald sie anfing zu spielen, war sie glücklich. Das Publikum und die Kinder standen auf. Sie sangen mit, und mir gefiel sehr, wie schön das klang. Ich beobachtete auch Isaac, der Ellen unverwandt anstarrte.

Die Kinder führten ein Krippenspiel auf. John spielte einen Hirten. Er hatte ein Geschirrtuch um den Kopf und einen Stecken aus der Hecke in der Hand.

Als die Aufführung vorüber war und das Klatschen ein

Ende gefunden hatte, wurde mir erlaubt, auf die Bühne zu gehen. Ich stolzierte mit hoch erhobenem Schwanz hin und her. Alle Kinder wollten mich streicheln. Ich wollte zu den Plüschschafen, die John mit sich herumschleppte, und ihnen Nasenstüber geben. Dann interessierte ich mich für den Inhalt der Krippe, die alle ansahen, und so kletterte ich hinein und gab der Puppe, die dort lag, auch einen Nasenstüber. Alle lachten. Ich weiß gar nicht, was daran so lustig gewesen sein soll.

»Sehr gut, Salomon«, sagte der Direktor. Er lehnte am Klavier. Ich rannte hin und gab ihm auch einen Nasenstüber. Die Kinder konnten gar nicht mehr mit dem Lachen aufhören.

Ellens Augen glänzten, als sie wieder anfing zu spielen. Alle sangen fröhlich ein Lied über einen Früchtekuchen, das wohl komisch war.

»Puh«, sagte Pam, als wir in Ellens Auto nach Hause fuhren. »Das war der schönste Abend seit Jahren. Und dieser Kater hier ist ein Star.«

Als Ellen dann schließlich mit Isaac zusammenkam, war ich ein bisschen eifersüchtig. Die beiden liebten mich und gaben mir alles, was ich brauchte, aber ich vermisste Jessica immer noch. Manchmal so sehr, dass mir das Herz richtig wehtat. Als wir den Wohnwagen endgültig verließen, fühlte ich mich, als sei meine letzte Verbindung zu Jessica abgeschnitten worden.

An einem heißen Nachmittag im Sommer zogen wir bei Isaac ein. Er hatte ein geräumiges Landhaus mit breiten Fensterbänken aus Stein, auf denen Kissen lagen. Und es gab eine Treppe. Ich habe versucht, dort allein zu spielen. Alle haben mich ermuntert. John ist hinauf und hinunter gerannt und hat eine Spielmaus an einer Schnur hinter sich hergezogen. Das hat mir gut gefallen.

Isaac besaß auch ein wunderbares Klavier. Ich lag gern auf seinem Schoß und schnurrte, während wir beide der schönen Musik lauschten, die Ellen für uns spielte. Bald vertraute ich

Isaac genauso wie Ellen. Ich sah ja, dass es Ellen und John gut bei ihm hatten.

Der Garten war ein wüstes Dickicht aus Büschen, die von Geißblatt und Brombeeren überwuchert waren. Darunter verbargen sich grüne Tunnel, die von allerlei Getier als Wege benutzt wurden. Dort ganz allein herumzulaufen machte mir ein bisschen Angst – ich tat es aber trotzdem. Und eines Tages machte ich eine erstaunliche Entdeckung.

Ich entdeckte ein Tor, das ganz und gar mit Efeu überwuchert war. Dahinter führte ein versteckter Pfad zwischen hohen rosa Phloxstauden hindurch. Er sah bemoost und sehr einladend aus. Plötzlich spürte ich Jessicas Gegenwart. Mutig und neugierig wie sie war, wäre sie schnurstracks dem Weg gefolgt. Mein Fell sträubte sich vor Aufregung. Ich quetschte mich unter dem Tor durch und trabte den Pfad hinunter, ohne zu wissen, was ich vorfinden würde.

Das Gras war heiß, Bienen summten. Aber über all dem lag ein rhythmisches Schleifen, das sich manchmal zu einem grollenden Donner auswuchs. Auf einmal endete der Pfad an einem felsigen Abhang. Und vor mir lag das Meer.

Jetzt wusste ich, wohin ich gehen konnte, wenn ich an Jessica denken wollte.

Ich suchte mir einen warmen Felsen aus. Dort saß ich lange Zeit und blinzelte in das Flirren der Sonne über dem Wasser. Ich beobachtete die silbernen Funken, die das Meer dort schlug, wo es aufhörte, wie sie durcheinandertanzten und sich schließlich auflösten. Es sah aus, als ob das Meer voller Engel wäre, die ich sehen könnte, würde ich nur lange genug hinschauen. Das habe ich nicht gemacht. Aber manchmal dachte ich an die silbernen Funken und sah meinen Engel.

Von da an redete ich oft mit ihm. Eines Tages erforschte ich gerade die Klippen hinter dem Garten, als er mich aufforderte zu lauschen. Das tat ich, konnte aber nur die Schreie der Möwen, das Rauschen des Windes in den Büschen und das Zirpen der Zikaden hören.

»Nein«, sagte der Engel. »Pass genau auf.«

Ich konzentrierte mich auf die dunklen, tiefen Einschnitte unter dem Bewuchs von Ginster und Heidekraut. Ich lauschte wieder, und diesmal hörte ich ein leises Rascheln. Dann hörte ich ein Quieken, dass fast wie ein Miauen klang. Mein Fell sträubte sich. Nach dem, was mit Jessica passiert war, wollte ich nicht mit einer verwilderten Katze zusammentreffen.

Ich setzte mich hin und wartete.

Ein paar Minuten später hörte ich wieder das Quieken. Dann erschien ein zartes goldenes Gesicht im Unterholz. Weder sah es furchterregend aus noch fürchtete ich mich, also miaute ich. Eine kleine rote Katze kroch aus dem Gebüsch und rannte auf mich zu. Sie war entsetzlich dünn und sah ganz verschreckt aus.

Wir gaben uns Nasenstüber, und mein gesträubtes Fell legte sich wieder. Ich ließ mich nieder, und sie kuschelte sich an mich. Zur Beruhigung begann ich, ihr das Fell zu lecken. Ich konnte ihre Knochen spüren, so dünn war sie. Und ich spürte ihren Hunger und ihre Einsamkeit. Sie schien nicht mit mir sprechen zu können, aber mir war klar, dass sie in Schwierigkeiten steckte. Also ermunterte ich sie, mir zu folgen.

Ich führte sie über den Pfad, unter dem Tor hindurch und in den Garten, bis in den Patio vor der Küche, wo Ellen mein Futter hingestellt hatte.

Ich teilte es mit der winzigen roten Katze, und sie verschlang hungrig, was sie bekam. Als sie satt war, setzte sie sich neben mich auf die warmen Steinplatten und leckte sich die mageren Pfötchen.

Als Ellen zur Hintertür herauskam, wurden die Augen des Kätzchens auf einmal riesig und ängstlich. Es sauste so schnell davon, dass seine Krallen Spuren im Staub zurückließen. Es verschwand in den Büschen und ließ sich ein paar Tage nicht blicken.

Als die kleine Katze wieder auftauchte, blieb sie auf der

Hut. Sie fraß nichts, bis Ellen ihr die Schüssel weiter vom Haus entfernt hinstellte.

»Sie ist wild«, sagte Ellen. »Nicht so ein alter Softie wie du, Salomon.«

Alt? Ich? Ja, ich wurde wohl langsam alt, zumindest für eine Katze. Wir lebten schon viele Jahre bei Isaac. John war schon groß und schleppte viele Bücher in den Schulbus. Außerdem lernte er das Gitarrespielen und mochte es, wenn ich auf seinem Bett saß, während er übte. Aber ich wusste nicht, wie alt ich wirklich war.

Ellen gab dem roten Kätzchen einen Namen: Lulu. »Das macht sie zu einer Persönlichkeit«, sagte sie.

»Wilde Katzen lassen sich nicht zähmen«, sagte Isaac. »Aber sie soll nur kommen, wenn sie will, das arme kleine Ding.«

Ellen und John waren jedoch wild entschlossen. Jeden Tag stellten sie Lulu etwas zu fressen hin. Zuerst neben die Büsche, wo sie schnell verschwinden konnte. Ich spielte dort mit Lulu, putzte sie und schnurrte. Manchmal fühlte sie sich dann sicher, legte sich zu mir und schlief.

»Wovor hast du solche Angst?«, fragte ich sie eines Tages. »Ellen ist lieb und freundlich. Sie wird dir niemals etwas antun.«

»Ich habe vorher noch nie Menschen gesehen«, sagte sie. »Ich wusste nicht, was das ist. Sie sind so schrecklich groß.«

»Wo kommst du her, Lulu?«, fragte ich.

Sie seufzte und sah traurig aus. »Ich wurde dort in den Büschen geboren, wo du mich gefunden hast«, erzählte sie. »Meine Mutter war genauso rot wie ich, eine Schwester hatte ich auch, eine rot-weiße. Wir haben zusammen gespielt. Aber eines Tages ist meine Mutter mit uns über eine Straße gelaufen, weil sie dachte, drüben gäbe es mehr zu fressen. Die Autos waren so schnell und laut. Ich blieb zurück, aber die beiden versuchten es und wurden überfahren. Seitdem bin ich ganz allein.«

Sie tat mir leid. Ich wusste, wie schrecklich sich das anfühlte.

»Du musst dich an die Menschen gewöhnen«, sagte ich. »Dann kannst du glücklich werden. So wie ich.«

»Kann ich nicht«, sagte Lulu. »Nie nicht niemals nicht.«

Mit Worten war das Problem also nicht zu lösen. Aber Ellen entwickelte einen Plan. Sie begann, sich draußen ganz ruhig in einen Sessel zu setzen. Mit der Zeit gewöhnte sich Lulu an sie und kam trotzdem zum Fressen. Langsam schob Ellen den Fressnapf näher zum Sessel, bis Lulu in Ellens Reichweite fraß.

Ellen fing dann an, sanft mit ihr zu sprechen, und manchmal sang sie ihr sogar etwas vor. Ich konnte sehen, wie Lulu die Ohren spitzte und zuhörte. Aber sobald Ellen sich bewegte, sah Lulu erschreckt auf und zischte wie eine Schlange.

Ich half Ellen, indem ich mich an ihren Beinen rieb oder mich auf ihrem Schoß zusammenrollte. So zeigte ich Lulu, dass alles in Ordnung war.

Eines Tages stand der Fressnapf dann so nah beim Sessel, dass Ellen begann, sanft über Lulus Rücken zu streicheln, während sie fraß. Das ging wochenlang so weiter, aber am Ende war es dann doch Isaac, der Lulu zähmte. Sie schien seiner tiefen Stimme und der beruhigenden Berührung seiner großen Hände einfach nicht widerstehen zu können. Sie warf sich sogar auf den Rücken und spielte mit seinen Schnürsenkeln.

Eines kühlen Tages im Herbst legte Isaac seine Hände sanft um Lulu und hob sie hoch. Er setzte sie auf seinen Schoß und ließ sie los. Lulu lag da und machte einen überraschten Eindruck. Dann sah sie mich an. Ich kletterte zu ihr hoch und zeigte ihr, wie man am besten dort lag und Isaacs Herzschlag lauschte. Sie machte es mir nach.

John und Ellen standen regungslos daneben, ein Lächeln in ihren Gesichtern. Es war ein zauberhafter Augenblick, der Lulus einsames und mühseliges Leben für immer verändern sollte.

Ein paar Monate später war Lulu genauso schlau wie ich. Sie rollte herum, schnurrte und kletterte auf jeden Schoß. Ich brachte ihr alles bei, was eine Hauskatze wissen musste. Wir spielten sogar auf der Treppe. Sie machte Fehler, aber das Schöne an den Menschen ist, dass sie freundlich sind und vieles verzeihen.

Ich wusste, Ellen hatte mir verziehen, dass ich Jessica nicht zurückgebracht hatte. Doch ich selbst konnte das einfach nicht. Die Freundschaft mit Lulu tat mir gut. Es war meine Art, mich bei den Menschen zu bedanken, die mich gerettet hatten – Karenza, Pam, der Tierärztin Abby. Und ich war Isaac dafür dankbar, dass er sein wunderschönes Zuhause mit uns teilte.

Ich war wirklich eine glückliche Katze.

Die Jahre vergingen in Frieden und Glück. Ich wurde langsam alt. Meine Knochen schmerzten, und ich fühlte mich ganz steif. Ich konnte immer noch meinen Schwanz hoch heben, aber spielen wollte ich nicht mehr. Auch das Meer wollte ich nicht mehr sehen. Ich wollte nur noch am Feuer liegen und dösen.

Eines Tages versagten meine Hinterbeine ihren Dienst, und ich konnte mich nur noch herumschleppen.

Abby kam mit ihrer Tierarzttasche, um nach mir zu sehen. Sie nahm mich hoch und tastete mich ab.

»Er hat Arthritis«, sagte sie zu Ellen. »Aber er ist ja auch schon ein sehr alter Kater, nicht wahr?«

»Er ist zwölf«, sagte Ellen. »John war zwei Jahre alt, als wir Salomon fanden. Er tauchte während eines Gewitters auf dem Rasen vor unserem Haus auf, genau in der Mittsommernacht. Eine winzige Katze, total mit Motoröl verschmiert.

»Hm.« Abby befühlte meinen Magen. »Das ist ein gutes Alter für eine Katze. Ich fürchte, er hat auch ein paar innere Probleme. Vielleicht können wir etwas für ihn tun, aber dafür müssten Sie ihn zu uns bringen.«

Ich sah Ellen an. Ihr standen die Tränen in den Augen.

»Nein«, sagte sie. »Das möchte ich ihm in diesem Alter nicht mehr antun. Ich behalte ihn lieber hier, schenke ihm meine Liebe und lasse ihn dann gehen.«

Ich sah Ellen dankbar an. Sie liebte mich und konnte trotzdem loslassen. Ich war inzwischen so weit: Ich wollte nach Hause.

»Das ist sehr vernünftig, Ellen«, sagte Abby. »Rufen Sie mich bitte an, wenn ich ihm helfen soll. Sie wissen schon, was ich meine.«

13

Tagebuch einer Sternenkatze

14. Juni
Ich schreibe dieses Tagebuch als Geschenk für Ellen. Weil ich möchte, dass sie weiß, wohin ich gehe. Denn heute beginnt meine Reise zu den Sternen.

15. Juni
Ellen hat das Richtige getan. Sie hat mich nicht mehr zum Tierarzt gebracht, um mich operieren zu lassen. Sie wird mir ihre Liebe schenken und mich gehen lassen. Heute hat sie mich in meinem Lieblingssessel auf das bernsteingoldene Samtkissen gelegt. Sie weiß, dass ich nicht mehr laufen kann. Meine Hinterbeine sind ganz schwach. Sie füttert mir mit einem kleinen Löffel mein Lieblingsfutter, aber es schmeckt mir nicht wirklich. Ich will nicht mehr in diesem alten Körper bleiben.

16. Juni
Gott sei Dank kann ich noch schnurren. Und ich kann meine Augen öffnen und Ellen ansehen. Ich kann auch hören, wenn sie mit mir spricht. »Danke, Salomon, dass du meine Katze warst. Ich werde dich immer lieb haben.« Manchmal kommt auch Isaac; seine Berührungen auf meinem Fell fühlen sich beruhigend und wunderbar an. Und da ist John, der inzwischen schon fast ein richtiger Mann ist. Er würde gern weinen, kann aber nicht. Also bleibt er bei mir sitzen und spielt auf seiner Gitarre himmlische Musik.

17. Juni

Pam ist vorbeigekommen, um mich zu besuchen. Sie weint und weint. Dann erzählt sie mir von Jessica, dem Weihnachtskonzert und von meinem Besuch bei Ellen im Krankenhaus. Als sie weg ist, sagt Ellen mir, dass ich eine ganz tolle Katze bin. Ein richtiger Star. Apropos Star: Dabei muss ich an die Sterne denken.

Ich stelle mir das Glitzern des Meeres vor, das Jessica mir gezeigt hat, und schlafe ein. Ich hatte geglaubt, die glitzernde See wäre voller Engel. Im Traum sehe ich den Tanz der Silbersterne.

18. Juni

Ich liege immer noch auf dem Samtkissen und verschlafe den größten Teil des Tages. Heute kommt ein Überraschungsbesuch – Joe. »Mach dir keine Sorgen, Salomon«, flüstert Ellen. »Ich gehe nicht zu Joe zurück. Er will sich nur von dir verabschieden.« Ich öffne die Augen. Joe sieht ganz anders aus. Er riecht gut, und sein Blick ist fest. Er sagt mir, dass es ihm leidtut, wie er uns manchmal behandelt hat, vor allem zum Schluss. Ich schnurre und tatze nach ihm, um ihm zu zeigen, dass ich ihm vergeben habe. Dann schlafe ich auf einem silbernen Bett, umgeben von silbernen Sternen.

19. Juni

Es ist Nacht. Nur Ellen ist da. Sie streichelt mich und redet mit mir. Lulu sitzt auf der Armlehne und beobachtet mich. Ich bin froh, dass Ellen eine zweite Katze gefunden hat. Ich kann sie kaum noch erkennen, so dicht sind die silbernen Sterne inzwischen um mich herum. Sie heben mich hoch, wie ein fliegender Teppich, und tragen mich ins Licht. Ich fliege schneller und schneller, höre aber immer noch Ellens schöne Stimme. Ich schnurre.

20. Juni
Ellen und Lulu sind schon ganz weit weg. Ich sehe das bernsteingoldene Samtkissen, auf dem der Körper einer alten schwarzen Katze liegt. Ellen sagt: »Auf Wiedersehen, Salomon, mein Lieblingskater.« Dann fliege ich, durch die glitzernden Sterne, die zu Tausenden an mir vorbeihuschen. Dann wird das Silber zu Gold. Und dann sehe ich die Engel. Ich durchbreche das goldene Netz wie ein Feuerwerkskörper.

21. Juni
Ich bin sicher in der unsichtbaren Welt gelandet, in meinem lieblichen Tal mit dem Gras voller Sterne und den warmen Felsen. Ich bin jetzt wieder eine Schimmerkatze aus reinem Licht. Das fühlt sich toll an. Ich sitze da und schaue in die Ferne. Dort bewegt sich etwas. Eine Katze. Sie rennt mit hochgestelltem Schwanz auf mich zu. Eine Schimmerkatze.

Jessica.